PEQUENO SEGREDO

A história que inspirou o filme

PEQUENO SEGREDO

UM AMOR MAIOR QUE A VIDA

HELOISA SCHURMANN

Harper Collins
Rio de Janeiro, 2016

Rua Nova Jerusalém, 345 – Bonsucesso – 2104-2235
Rio de Janeiro – RJ – Brasil
Tel.: (21) 3882-8200 – Fax: (21) 3882-8312/8313

Este livro foi baseado em fatos reais. Alguns nomes foram trocados ou omitidos por motivo de privacidade das pessoas.

CIP-BRASIL. CATALOGAÇÃO NA FONTE
SINDICATO NACIONAL DOS EDITORES DE LIVROS, RJ

S42p

Schurmann, Heloisa.
Pequeno segredo: Um amor maior que a vida / Heloisa Schurmann. – 1ª ed. - Rio de Janeiro : HarperCollins, 2016.

23 cm

ISBN 978.85.69514.81-7

1. Schurmann, Heloisa. 2. Schurmann (Família). 3. Viagens marítimas. I. Título.

12-6008. CDD: 910.41
CDU: 910.4

Para Pierre, David e Wilhelm,
que aceitaram dividir o espaço
do meu coração com Kat.

Sumário

Prólogo

O lindo gramado verde lembrava um parque. Fomos andando entre as árvores por uma estreita alameda de pedras portuguesas que pareciam polidas a mão, refletindo um sol fraco de início de outono em São Paulo.

Se esta rua, se esta rua fosse minha...

Vilfredo e eu, de mãos dadas, seguíamos nossa filha, linda em seu vestido de cetim branco e rosa. Com quase 14 anos, ela usava seu primeiro sapato com saltinho.

Eu mandava, eu mandava ladrilhar...

David e Pierre, meus filhos, caminhavam ao meu lado, e um dos dois, não me lembro de qual, apertou minha mão. Senti falta de Wilhelm, tão longe, no Texas, participando de um campeonato. Lembrei-me de minha mãe, que dizia que nas datas importantes a família nunca está toda no mesmo lugar. Sempre falta um.

Entramos no teatro, lotado. Reconheci muitos amigos na plateia. Sentamos nos lugares reservados para nós, na primeira fila. Minha filha foi para a coxia do teatro.

Com pedrinhas, com pedrinhas de brilhante...

As luzes se apagaram e apenas um pequeno foco azulado iluminava um ponto na pesada cortina de veludo que escondia o palco. Olhei à minha volta. Sempre pensei que a gente *sentisse* emoção, mas naquele momento eu podia vê-la e, se quisesse, até tocá-la, como se fosse uma borboleta cortando o teatro no rastro do lindo foco azul de luz.

Para o meu, para o meu amor passar...

A cortina abriu-se. No centro do palco, minha filha Kat. Eu não podia vê-la, mas sabia que estava linda como um anjo, livre como uma borboleta.

Os últimos 11 anos da minha vida começaram a passar diante de meus olhos.

1. Baía de Opua, Nova Zelândia

Novembro de 1991.

— Olhem! É aquele veleiro que tem a bandeira verde e amarela. Eles voltaram!

— Me lembro, é o que tem os dois meninos a bordo! Qual é o país deles? Ah... sim, é o Brasil. Que legal que voltaram.

— Será que vão ficar aqui de novo? Me lembro de que vinham nos saudar sempre que assoviávamos.

— Para de falar e vamos dar nossos saltos de boas-vindas. Vamos lá, todo mundo, bem alto!

Contentes, os golfinhos rodearam o veleiro nadando na proa sob os olhares felizes de Heloisa, Vilfredo, Wilhelm e David.

Um iate apontou na entrada da baía.

— Gente, outro barco chegando. Vamos encerrar nossa recepção aqui e ir embora.

E os golfinhos deram por terminada a cerimônia de boas-vindas ao veleiro brasileiro. Pularam todos juntos no ato final e mergulharam para nadar em direção ao barco que chegava.

Muito movimentada a vida dos golfinhos da baía de Opua, Nova Zelândia.

***

Eu estava feliz por voltar e ser recepcionada por um bando de golfinhos! Não sei por quê, mas tinha a estranha impressão de que conversavam quando nos viam. Me sentia chegando em casa. Nem parecia que haviam se passado seis meses desde que partíramos daqui rumo a Tonga, em maio de 1991.

Foi uma partida difícil. Havíamos permanecido um bom tempo para reformar o veleiro, e durante aquele período os meninos frequentaram o Bay of Island College. Com uma população de quinhentas pessoas, muito hospitaleiras, Opua não exigia muito tempo para consolidar boas amizades.

Quando chegou a hora de ir embora, a tripulação não era a mesma que tinha aportado. David, então com 16 anos, tinha decidido ficar em Opua, para terminar o ensino médio. Uma mudança importante, embora temporária. Ele ficaria até o fim do ano, quando retornaríamos de Tonga para passar outra temporada (novembro a maio) abrigados dos ciclones do Pacífico.

Procuramos um lugar para David morar. Nossos amigos Richard e Ann Green, que tinham três filhos, propuseram:

— David vem morar conosco. Enquanto ele fica aqui, Warren, nosso filho, pode navegar com vocês até Tonga. Ele e Wilhelm, além de grandes amigos, são colegas de turma na escola. Heloisa pode ensinar aos dois a mesma matéria.

E, assim, trocamos nossos filhos.

Foi uma partida triste, pois David ficou no cais e eu o via ficando pequenino enquanto o *Aysso* navegava rápido para longe dele em direção às aguas quentes do Pacífico.

Já estávamos havia dois dias e meio no mar quando uma tempestade tropical surgiu de repente, com ventos ciclônicos de mais de sessenta nós. Ondas de dez metros castigaram nosso veleiro. Durante todo o dia o vento uivou, aumentando sua força quando a noite chegou. De madrugada, a fúria do vento derrubou os dois mastros como um sopro derruba um castelo de cartas.

Um dos cabos que segura o mastro que havíamos recém-trocado tinha um defeito e se desprendeu, derrubando os outros. Havíamos demorado apenas três dias para chegar até aquele ponto, mas para voltar foram 11 dias muito difíceis, de temperaturas extremamente baixas, um frio cortante com ventos contra em seguidas tempestades. Para levarmos o barco de volta a um porto seguro, só tínhamos o motor. Avançávamos dois dias e, a cada nova tormenta, o barco retrocedia algumas milhas.

Finalmente, conseguimos chegar a uma das ilhas da Great Barrier Islands, na costa leste da Nova Zelândia, sãos e salvos. Para David e para os pais de Warren também foram dias de apreensão, pois muitos pensavam que não tínhamos sobrevivido à fúria daquela tormenta.

Ficamos em Auckland de julho a novembro de 1991 para reconstruir o barco e poder velejar até Opua com os meninos. Quando finalmente voltamos, nossos amigos lá estavam, no cais, acenando, gritando, batendo palmas, segurando uma faixa com os dizeres WELCOME SCHURMANN FAMILY. Os golfinhos ao redor do barco, curiosos, e, na minha imaginação, falando sem parar. Da encosta ao lado da baía, na casa de amigos, escutamos os alto-falantes que tocavam *Garota de Ipanema*. Atracamos no cais e foram poucos os braços para os abraços de todos, uma festa mágica, com muita emoção. Foi um momento de reencontros felizes.

Além da reconstrução de nosso veleiro avariado, amassado e sem mastros, tivemos que reconstruir nossa vida, tão abalada quanto o barco. Vilfredo ficou em Auckland consertando o *Aysso* e eu fui para Opua, onde amigos nos emprestaram um pequeno apartamento. Fiquei com os meninos, que foram estudar em um colégio local, e com meus pais, que vieram para nos dar apoio.

Desde que começamos a navegar, em 1984, quando partimos de Florianópolis com nossos filhos Pierre, 15, David, dez, e Wilhelm, sete anos, em uma viagem para realizarmos nosso sonho de dar a volta ao mundo em nosso veleiro, esse foi o momento de maior perigo.

Depois de três anos no Caribe, atravessamos o canal do Panamá e navegamos pelas ilhas do Pacífico por mais de dois anos. Enfrentamos muitas tempestades, mas nenhuma tinha sido tão forte quanto essa.

Quando partimos do Brasil, há sete anos, com nossos meninos pequenos, a pergunta que mais me faziam era:

— O que vai ser do futuro de seus filhos? Sem escola, sem amigos, sem responsabilidades, presos dentro de um barco com vocês o tempo todo. O que você acha que eles serão?

— Pessoas felizes — respondia eu.

— Como assim? — insistiam.

— Serão muito amados e viverão uma vida muito diferente das crianças e jovens da idade deles.

Deixar para trás uma vida confortável de casa, rotina de escola e trabalho, amigos e família, para me aventurar pelos mares do mundo me transformou em uma pessoa que eu não sabia que era. Conviver com os três meninos tornou-me mais corajosa e me fez desafiar meus limites. Muita coisa mudou também na relação que tinha com meus filhos. De mãe a professora, de mãe a educadora, de mãe a amiga. Na educação deles, mais do que as exigências didáticas, foram lições de vida que aprendemos juntos: respeito mútuo, pela natureza e pelo próximo. Tivemos conflitos e discussões calorosas quando cada um expunha seu ponto de vista, mas chegávamos a um acordo. Nem sempre era o que eu queria como mãe, mas chegávamos a um meio-termo.

Que mãe pode curtir a mesma música com seu filho adolescente durante um turno em uma noite de tempestade? E quantas noites estreladas compartilharam, aprendendo e ensinando as constelações? Mergulhamos, ombro a ombro, a dez metros debaixo d'água, cuidando uns dos outros, rodando o mundo em um veleiro, vivendo uma vida de aventuras e descobertas. Tive o maior privilégio de conviver com eles a bordo durante dez anos, e meus filhos se tornaram meus amigos. No entanto, aprendi que amar não era tê-los ao meu lado, por mais que quisesse. Amar foi vê-los crescendo com a liberdade de fazer seus amigos, de escolher suas carreiras e de, finalmente, partirem.

Opua tinha se tornado nosso porto seguro e nossa casa na Nova Zelândia. Em novembro, começaram a chegar velejadores de várias partes do mundo, que vêm para se proteger da estação de ciclones no oceano Pacífico. Muitos de nossos amigos regressaram e reatamos nossa amizade como se não tivessem passado seis meses sem nos vermos. Opua recebe mais de noventa veleiros de dezembro a maio e a baía fica decorada com as bandeiras coloridas de diferentes países, como se fosse uma pequena Nações Unidas do mar.

Na semana do Natal de 1991, Vilfredo estava no deque quando um barco inflável aproximou-se. Manejando o motor, um rapaz sorri para Vilfredo.

— Olá! Vi a bandeira. Vocês são brasileiros?

— Sim — respondeu Vilfredo. — Você também?

— Nossa, minha mulher vai gostar de saber que você achou que eu era brasileiro — disse ele, rindo. — Não, não sou brasileiro. Sou neozelandês, mas minha mulher é brasileira. Meu nome é Robert.

— Vilfredo. Muito prazer.

— E eu sou Heloisa — apresentei-me. — Mas todo mundo me chama de Formiga.

— Acabamos de cruzar Fiji. Vocês vão ficar aqui? Posso trazê-la para conhecer vocês? Estamos há um ano navegando, desde a Inglaterra. Passamos pelo Brasil, canal do Panamá, pelas ilhas do Pacífico, e aqui estamos.

— Por que vocês não vêm no final da tarde e jantam conosco? — convidei.

— Ok, então está combinado. Eu trago um vinho.

À tardinha, conhecemos Jeanne e Robert.

Um casal fisicamente bem contrastante. Ele com 1,85 metro, louro, olhos claros. Jeanne, *mignon*, 1,42 metro, morena de cabelos castanhos. Dava para ver que estavam em lua de mel. Apaixonados, de mãos dadas o tempo todo.

Jantamos um delicioso peixe, e a conversa de velejadores sobre o tempo, as ilhas e a vida a bordo fluiu e não tinha hora para terminar. Robert e Vilfredo ficaram na sala de navegação debruçados sobre algumas cartas náuticas, enquanto Jeanne e eu subimos ao deque para curtir o nascer da Lua sobre a baía.

Curiosa, perguntei a Jeanne:

— Como foi que vocês se conheceram?

2. Jeanne

Você já ouviu falar em Carauari?

É uma pequena cidade enfiada no coração da Amazônia. Era lá que vivíamos: meus pais, minhas cinco irmãs e eu. Não éramos ricos, mas tínhamos uma vida confortável. Minha mãe era vereadora, uma mulher forte, exigente com as filhas. Ela nos mantinha informadas e conscientizadas politicamente.

Carauari é muito tranquila. O que falta em infraestrutura sobra em tranquilidade. Não trancamos as portas das nossas casas nem dos carros, mas, para mim, a cidade inteira era um grande cadeado que me limitava, me prendia no seu marasmo e na falta de oportunidades. Eu andava pela rua principal e via, de um lado, a densa floresta e, de outro, o Juruá, um rio caudaloso e escuro. Queria conhecer o mundo, ir além daquele rio que colocava uma barreira nos meus sonhos e na minha vontade de conhecer outras terras. A forte correnteza levava embora as margens, pouco a pouco, alguns milímetros por mês. Na minha imaginação, um dia o rio iria levar toda a cidade e teríamos que reconstruir nossas casas na selva. E aí o Juruá continuaria a nos perseguir e teríamos que adentrar mais ainda. Eu achava que não havia saída para nós. Não havia saída para mim.

Assim, quando minha mãe sugeriu que eu fosse morar com tia Terezinha, em Manaus, para acabar o ensino médio e fazer o cursinho pré-vestibular, pensei que iria explodir de alegria. Tinha 17 anos e uma cabeça fervilhando por mudanças.

Uma semana antes de começar o ano letivo de 1982, aterrissei minha excitação no aeroporto de Manaus com o coração na mão. Só pensava nas minhas descobertas, nas experiências que viveria. Quem sabe um grande amor? Quem sabe encontraria o homem de meus sonhos? Um moço alto e forte, louro e de olhos claros, como aquele rapaz que estava me ajudando com as malas, mas aí já era sonhar alto demais, Jeanne.

Morar na capital do estado era a vontade de toda adolescente do interior do Brasil. E, para uma boba menina da mata, Manaus era o eldorado: as lojas, os prédios antigos, o Teatro Amazonas, os sorvetes de frutas.

Meus primeiros dias em Manaus foram de deslumbramento, um constante beliscar dos braços para me certificar de que estar ali era uma realidade. Enfim, eu havia realizado meu sonho de conhecer o mundo!

Eu estudava bastante, participava dos movimentos políticos. Era a época do movimento das Diretas Já e os estudantes estavam em ebulição, exigindo mudanças. Fizemos uma passeata que foi notícia em todo o Brasil. Éramos seis mil protestando, exigindo, investindo nosso entusiasmo de jovens na esperança de uma democracia.

Eu voltava frequentemente a Carauari de avião (se é que a gente pode chamar de avião aquela coisinha que liga Manaus a Carauari) para ver minha família e para dançar. Tinha baile todos os sábados. Como eu já era uma menina da "cidade grande", comecei a fumar escondida, para horror das minhas irmãs.

No final de junho, entrei no avião para Carauari com meus pés já dançando o forró que me aguardava na Festa de São João, no pátio da igreja. É a maior festa da cidade e o povo da roça comparece em peso. Minhas irmãs e eu fazemos vestidos de chita, enfeitamos o chapéu de palha e trançamos os cabelos.

Na minha primeira manhã na cidade fui ao correio com minha irmã Soraya. Um calor infernal e nós na fila para colocar uma carta nossa para tia Ceres, que mora em Belém. Foi quando vi o moço louro, que eu sabia que conhecia de algum lugar, mas não me lembrava de onde. Minha irmã cutucou meu braço.

— Jeanne, olha que homem lindo! — falou ela, quase sem ar.

Lembrei-me de onde já o tinha visto.

— Engraçado — disse eu —, já o vi antes... Ele estava no aeroporto de Manaus... Que coincidência!

Saí dos Correios e, pelo rabo do olho, vi que o moço louro estava me seguindo. Eu sabia que ele devia ser um dos estrangeiros que trabalhavam no campo de prospecção de petróleo nos arredores da cidade, mas abuso não levo para casa, não, seja de caboclo ou de gringo. Virei para ele e perguntei se não tinha nada melhor para fazer do que ficar andando atrás de mim. Minha irmã me puxava pelo braço, e o gringo tava mais vermelho do que um pirarucu do Juruá. Ele deu meia-volta e se mandou rapidinho.

No entanto, logo esquecemos o incidente porque faltava uma semana para o baile de São João. E isto era mais importante do que tudo. Fomos ao armarinho comprar uma renda para colocar no meu vestido de chita e uma fita vermelha para enfeitar minhas tranças.

O sábado do baile amanheceu glorioso, mais fresquinho e com um sol lindo. Passamos a manhã no salãozinho de Carauari, fazendo as unhas, enrolando e secando o cabelo. A gente tinha que ir para casa com os rolos na cabeça, pois, se os tirássemos muito cedo, a umidade da Amazônia desmilinguia todo o penteado. Minha mãe queria que a gente se deitasse um pouco depois do almoço. Impossível. Além de minhas irmãs, tão ansiosas como eu, era um entra e sai de amigas, pedindo opinião, maquiagem, todo mundo falando ao mesmo tempo. No rádio, era forró direto, e a gente ensaiava os passos da quadrilha.

Quando chegou a hora de ir para o baile, eu já estava cansada. Achei que não aguentaria ficar lá muito tempo, mas foi só ver as bandeirinhas, o pau de sebo, o povo todo dançando que eu fiquei animada e leve como um periquito.

E vi o gringo encostado no bar. Todo vestido de branco. Como o boto da lenda.

3. Robert

Quando Jeanne entrou no baile de São João, eu estava no bar com Brett, engenheiro químico igual a mim e que trabalhava comigo no campo de Porto Gavião. Eu suava muito. Pensei que depois de três anos no Brasil já teria me acostumado com o calor, mas nada havia me preparado para a região amazônica. A umidade era opressora, eu mal podia respirar.

Vim da Nova Zelândia em 1982 para trabalhar em Presidente Prudente, São Paulo, mas meu sonho era conhecer a Amazônia. Assim, quando soube que estavam precisando de engenheiro em Carauari, eu me agarrei à oportunidade. Tudo estava acontecendo dentro de meus planos. Eu tinha 24 anos. Pretendia trabalhar mais cinco, juntar dinheiro para comprar um veleiro e sair a velejar pelo mundo. Só queria voltar — para onde eu não tinha a menor ideia — depois de dez anos. Então eu casaria, teria dois filhos e reassumiria minha carreira de engenheiro. Tudo muito certo e planejado.

— Ela chegou! A moça do aeroporto de Manaus. Aquela com quem eu vou me casar!

Brett jogou água fria no meu entusiasmo.

— Ué! E seus planos? Você acha que ela espera dez anos neste fim de mundo enquanto você dança de pareô com as nativas da Polinésia Francesa?

Ele tinha razão. Se eu me envolvesse com aquela moreninha, meu plano de vida iria por água abaixo. Muito tarde. Eu já estava enfeitiçado.

Ela entrou com um grupo de garotas, seus cabelos presos em tranças que brilhavam com nuances de vermelho, reflexos da imensa fogueira que queimava no centro do pátio da igreja. Sentia-me como um idiota, com minha calça branca de puro linho, uma camisa de cambraia, também branca. Aconselharam-me a vestir linho e cambraia brancos para atenuar o calor. Eu parecia um mexicano saído de um filme dos anos 1950. Só faltava o bigode.

Eu a tinha visto pela primeira vez no aeroporto de Manaus, quando cheguei de São Paulo. Depois de dois anos eu enfim ia conhecer o Amazonas. Estava vindo para Carauari, sem nenhuma ideia do que me esperava. Um pouco apreensivo. Brett não ajudou muito.

— Tá suando? Você ainda não viu nada. Carauari é muito pior. Na floresta, o calor e a umidade do ar são ainda mais intensos. Lá são 224 dias de chuva, sendo quarenta no verão, entre julho e novembro, e 184 no inverno, de dezembro a junho, mas não se preocupe, você se acostuma!

No check-in, duas moças no balcão tentavam colocar uma pesada mala na balança. Ofereci-me para ajudar e com uma das mãos coloquei a mala no lugar. Uma delas, uma graciosa morena, virou-se, disse obrigada e sorriu, de forma tímida e meiga.

Embarquei num decadente F-100 de uma empresa aérea chamada Taba. Senti o famoso friozinho na barriga, mas o avião era uma melhor alternativa à viagem de barco, que leva sete dias, porém, esqueci o medo após a decolagem e não desgrudei o nariz da janela do avião. Sentia um misto de espanto e surpresa com a vastidão da inabitada floresta. O sol estava forte, e o contraste de cores entre o verde brilhante das árvores, o azul do céu e a água marrom do rio me deixou completamente emocionado. Depois de cerca de uma hora e meia sobrevoando a floresta densa, o avião aterrissou no aeroporto de pista única, uma minúscula tira de concreto, a mais estreita que eu já vi, no meio de um mar verde-escuro.

Carauari era muito menor do que eu imaginava. Júlio, supervisor de Porto Gavião, me esperava na cidade. Após os cumprimentos de praxe, as primeiras informações:

— Você começa a trabalhar daqui a três dias em Porto Gavião, a 15 quilômetros daqui. Todas as provisões e materiais que você pediu já estão no campo. Confira a lista, por favor. Você tem que completar esses formulários e me entregar antes de sair para o campo petrolífero. Hoje você dorme no hotel e amanhã apresento sua equipe e te levo para o alojamento. São mais três pessoas: Gordon, um inglês; Brett, um neozelandês; e Michel, um francês. Como você, todos falam inglês e português. Este mapa mostra alguns endereços úteis e os horários de funcionamento do comércio, banco, correio, restaurantes e bares. Este envelope tem os remédios contra a malária que você precisa continuar tomando enquanto estiver na Amazônia.

— Acho que o calor pode me matar primeiro do que a malária — brinquei.

— Beba bastante água e tome quantos banhos de chuveiro você precisar. Isso ajuda a refrescar.

— Prefiro tomar cerveja! Refresca mais.

Júlio riu e concluiu:

— Vou levá-lo ao hotel. Se tiver qualquer dúvida, me ligue. Bom descanso.

O tranquilo vilarejo de Carauari e a região ao longo do Juruá se transformaram com o aparecimento do petróleo e do gás natural, em 1978. Eu ia trabalhar no campo, e com 24 anos já era engenheiro-chefe nas atividades exploratórias de petróleo e nos campos de gás na bacia do Solimões. No hotel, tomei um longo banho, almocei e dormi um pouco. O barulho de uma forte chuva despertou-me. Acordei muito suado.

Na manhã seguinte, depois de outro banho de chuveiro, peguei cartões-postais para mandar para meu pai na Nova Zelândia e para amigos na Austrália, e fui caminhando para o correio.

Cansado da noite maldormida, entrei na fila e, olhando ao redor, vi, no guichê ao lado, a morena do aeroporto de Manaus. Ela me olhou, acho que me reconhecendo, porém não se lembrando de onde. Entreguei os cartões e o dinheiro para o funcionário. Quando olhei para o lado, a morena e a amiga já estavam saindo do correio, acenando para todo mundo, conversando, rindo. Nem peguei o troco. Saí e fui atrás dela. Uma reação, um impulso até então desconhecidos para mim. Espontaneidade nunca foi meu forte.

A morena percebeu que eu a estava seguindo. Ela parou de repente e virou-se para trás, ficando cara a cara comigo.

— O que está olhando, gringo? Por que está me seguindo? Pensa que eu sou o quê? Um macaco guariba?

As duas caíram na gargalhada. Fiquei muito sem graça, muito vermelho. Virei-me depressa e voltei para o hotel. Naquela tarde, instalei-me no alojamento e senti-me melhor entre meus novos colegas. Fui bem-recebido, e, depois do jantar, era como se estivesse entre amigos de infância.

O trabalho distraiu-me e a imagem da moça morena dissipou-se nos meus pensamentos. Entrei na rotina de acordar às cinco e meia da manhã. E já estava quente. Minha função como engenheiro-técnico de petróleo exigia bastante: coordenava todas as atividades de produção no campo e estava encarregado dos projetos e operações de produção. O trabalho era feito com equipes em rotação de cada atividade. Assim, tinha que trabalhar com membros de grupos diferentes. Era um desafio constante, mas a exuberante e exótica paisagem não dava lugar ao estresse. No fim do dia, voltava ao alojamento para elaborar relatórios técnicos e planilhas de dados diários. Acabava de jantar, ia para a cama, lia algumas páginas de um livro e já estava dormindo.

O que mais me intrigava eram os sons. Uma sinfonia que durava o dia todo, orquestrada por pássaros, rãs, insetos, gritos dos macacos bugios e até alguns que nunca consegui identificar. Em um dia ainda mais quente do que o normal, estava sentado à sombra de uma enorme árvore, fazendo alguns cálculos, quando um bando de araras passou voando, fazendo a maior algazarra. Junto com os pássaros, diferentes tipos de macaco debandaram pela clareira do acampamento, numa pressa incrível. Antes que tivesse tempo de fazer qualquer pergunta sobre o que estava acontecendo, escutei o barulho das hélices do helicóptero que haviam causado tanto pânico na floresta. Devido à distância, os equipamentos que não podiam ser transportados por veículos leves — ou por barco — chegavam de helicóptero.

Mandei buscar uma mala de roupas brancas em Manaus e, realmente, senti-me melhor do que com minhas roupas de tecidos sintéticos.

Eu não sabia nada sobre a lenda do boto da Amazônia.

> *O boto-cor-de-rosa sai dos rios nas noites de festa junina. Com um poder especial, consegue se transformar num lindo jovem vestido com roupa social branca. Ele usa um chapéu branco para encobrir o rosto e disfarçar o nariz grande. Com seu jeito galanteador e falante, o boto aproxima-se das jovens desacompanhadas, seduzindo-as. Logo após, consegue convencer as mulheres para um passeio no fundo do rio, local onde costuma engravidá-las. Na manhã seguinte, volta a se transformar no boto.*

4. O boto-cor-de-rosa

— E aí, gringo? Resolveu se divertir um pouco? Você sabe dançar? Se não souber, vem cá que eu te ensino.

Robert não sabia o que falar. Estava travado, literalmente. Ela o puxou pela mão e ele a seguiu. Balançando os quadris e os cabelos negros, ela ria e o fazia sentir como se tivesse pernas engessadas.

— Te mexe, gringo, vamos! Mexe a cintura, os braços.

Em poucos minutos, Robert, que não desgrudava os olhos dela, começou a se soltar e a sorrir de seu jeito sem graça. E ao final de três danças já estava completamente à vontade. Formavam um par bem diferente. Altura, cor da pele e dos cabelos bem opostas. A banda passou do forró para o xote. Hora de dançar juntinhos, mas Jeanne, arisca, resolveu dar outro rumo à situação.

— Agora que te ensinei a dançar, você me deve uma bebida.

Robert foi buscar uma cerveja e ela se apresentou formalmente.

— Meu nome é Jeanne.

— Eu sou Robert.

— Muito enrolado esses nomes de vocês, parece que falta um pedaço no final. Posso te chamar de Robérti?

— Eu prefiro Robert.

Conversaram e dançaram a festa toda. No final do arraial, eles já estavam de mãos dadas.

Um grupo de moças se aproximou e ela as apresentou.

— São minhas cinco irmãs.

— Oh, que família grande.

— Somos irmãs muito amigas.

— Vamos embora, Jeanne, deixe o boto! — chamaram as irmãs.

— Não, meu nome não é boto, é Robert.

E ficou sem entender a gargalhada das moças que se afastavam.

Os dias em Porto Gavião já não eram tão difíceis, mas ficaram mais longos, uma vez que Robert mal podia esperar os fins de semana para vê-la. De férias do colégio em Manaus, Jeanne iria passar todo o mês de julho em casa com a família.

Robert e Jeanne se apaixonaram e passaram a se encontrar em todos os lugares. As irmãs de Jeanne aconselharam a moça a tomar cuidado. Era muito comum os homens contratados das empresas que vinham trabalhar com petróleo namorarem as meninas e irem embora, deixando-as grávidas e desamparadas.

— Cuidado com seu boto — avisavam.

Robert e Jeanne passavam os momentos que tinham juntos em uma pequena canoa, explorando a lagoa, os rios e igarapés. Com ela, Robert aprendeu a amar a floresta.

— Você sabia que meu sonho de criança era conhecer a Amazônia? — confessou.

— Ah, Robérti, pois eu tenho um sonho de sair daqui, ir conhecer o que tem além da mata, além do meu estado, nos outros mundos. Ver gente, lugares e culturas diferentes.

— Eu também. Estou juntando todo o meu dinheiro para comprar um barco e sair pelos sete mares. Você quer ir comigo?

— Tá doido, gringo? Sou filha de Iara, mãe das águas, dos rios e dos lagos. Não do mar. O mar é jurisdição de Iemanjá.

No entanto, as férias acabaram-se e Jeanne voltou para Manaus depois de comemorar seu aniversário de 18 anos. Sempre que vinha passar os fins de semana e feriados em Carauari, os dois não se largavam. Os moradores da cidade já estavam acostumados a ver o casal em todos os lugares. Eles faziam planos de viver juntos e imaginavam os filhos que teriam. Ela pensava numa vida em Manaus. Robert não parava de falar no seu veleiro imaginário. Apesar da preocupação de suas irmãs, Jeanne entregou-se àquele amor sem pensar que o boto a seduzira. Ela tinha tudo sob controle. Iria terminar o ensino médio naquele ano, casar com Robérti, mudar-se para Manaus ou até para o Rio de Janeiro, dependendo para onde a empresa de mineração mandasse seu namorado.

Porém, as coisas se desenrolavam de forma um pouco diferente dos planos dela. Robert propôs que fossem morar juntos. Foi um escândalo na pequena Carauari. Mas Jeanne nunca foi de dar trela para a fofoca das faladeiras da cidade, e conseguiu que tia Terezinha emprestasse a casa dela para eles morarem. D. Isis não se conformava. Jeanne tinha só 18 anos, e ir morar com Robert significaria abrir mão do vestibular, da universidade. E, talvez, desistir da oportunidade de sair de Carauari e conhecer o mundo, mas fazer o quê? Jeanne era determinada e teimosa, não era fácil fazê-la mudar de ideia.

Jeanne e Robert estavam muito felizes. Para ela, os sonhos de menina estavam apenas num período de intervalo. Em sua vida de dona de casa, sua vontade de conhecer o mundo se intensificava com muito mais força ainda.

Enfim, depois de três anos naquela vidinha pacata, as engrenagens da vida começaram a girar novamente. Em 1985, Robert foi transferido para Belém do Pará. Não era o ideal, pois a mãe, uma irmã e a querida tia Terezinha moravam em Manaus, e Jeanne não conhecia praticamente ninguém em Belém. Mas tudo bem. Robert era carinhoso, alegre e parecia muito feliz com o amor que ela lhe dava.

E, então, eles receberam a notícia de que os pais de Robert estavam vindo da Austrália em outubro para o aniversário dele e para conhecer a futura nora. Jeanne ficou muito feliz. Começou a enfeitar a casa com rendas da região, comprou almofadas novas, toalhas bordadas e artesanato de cerâmica. Queria mudar tudo para esperar o casal. Na sua alegria, ela nem notou que Robert também estava mudando. Quanto mais perto da data da chegada dos pais, mais Robert bebia e se distanciava dela.

E chegou o dia de ir ao aeroporto buscar Barbara e Will. Acostumada com os abraços e o falar alto das recepções no aeroporto toda vez que alguém da família partia ou chegava, era estranho para a nortista Jeanne aceitar o formal aperto de mãos com que foi apresentada aos pais de Robert, mas a frieza e o distanciamento do aeroporto eram apenas o início do que estava para vir.

As duas semanas que os pais de Robert passaram em Belém foram muito difíceis para Jeanne, pois Barbara, a mãe, reclamava o tempo todo das moscas, do cheiro da cidade, do calor, da comida, e quase não se alimentava. Fizeram todos os passeios de turistas, o mercado Ver-o-Peso, a Cidade Velha, as casas antigas. Nada melhorou o humor de Barbara. Robert parecia uma criança pequena querendo agradar à mãe. Nos últimos dois dias de sua visita, a mãe praticamente afastou Robert de casa, alegando que precisava conversar com ele.

— Minha mãe tem que resolver assuntos de família — desculpava-se ele.

Na véspera de seus pais voltarem para a Austrália, Robert levou-os ao hotel. Voltou no meio da madrugada com os olhos vermelhos. Com a certeza de que ele tinha chorado, Jeanne perguntou o que havia acontecido, e ele desconversou, dizendo que não era nada. Estava apenas triste que seu pai ia embora. Dois dias depois que seus pais voltaram para casa, Robert anunciou que dali a uma semana, logo depois do Natal, ele estava se mudando para o Chile. Definitivamente. Sozinho.

Jeanne não podia acreditar. Não teve coragem de perguntar o porquê, de exigir alguma explicação. Trancou-se em casa e chorava sem parar. A mãe tentava consolá-la por telefone com o argumento de que, com 21 anos, ela teria toda a vida pela frente.

— O destino tem muita coisa boa alinhavada para você — repetia d. Isis, com a experiência de uma mãe de seis filhas.

Contudo, o destino resolveu contradizer d. Isis. Depois de três dias enfurnada em casa, Jeanne saiu para ir à padaria. Ainda sob o impacto da decepção, a cabeça turvada pelo sofrimento, Jeanne virou a esquina. A rua que lhe era tão familiar, através das lágrimas, parecia um lugar diferente. Ela reconheceu a placa da padaria do outro lado da rua e começou a atravessar sem prestar qualquer atenção ao que estava fazendo. O barulho da freada e da buzina alta e insistente assustou-a, e ela parou no meio da rua. Sem tempo de correr, viu uma sombra azul crescer em sua direção. Jeanne sentiu um enorme alívio quando perdeu os sentidos embaixo do chassi do caminhão que a atropelou.

Quando acordou no hospital, Jeanne reconheceu Robert e d. Isis ao lado de sua cama. O prognóstico não era nada bom. Ela tinha perdido muito sangue e teve que tomar várias transfusões. A bacia tinha sido esmagada e ela iria precisar de uma cirurgia de reconstrução e colocar pinos e uma grande placa de platina.

Robert não saiu de seu lado desde a operação. Foi ele quem empurrou a cadeira de Jeanne na volta para casa, em março de 1986, três meses depois de que ela tinha sido internada no hospital. Durante esse tempo, ele foi carinhoso, ajudando-a no esforço e na dor da reabilitação para que ela pudesse voltar a andar novamente. E, no mesmo dia em que ela voltou para Carauari com a mãe, Robert tomou o avião em Manaus e foi para o Chile.

E desapareceu.

5. O feitiço da Iara

Resignada com a reviravolta que sua vida tinha dado, Jeanne abriu uma pequena loja de cosméticos em Carauari. A vida tinha se desmoronado à sua volta e ela havia voltado à estaca zero. Sozinha, andando com a ajuda de muletas, sem diploma do curso superior, Jeanne não tinha nenhuma perspectiva de conhecer o mundo e sair daquela cidadezinha que a limitava e oprimia.

No entanto, dançar continuava sendo seu maior prazer, e, a cada dia que passava, mais fácil ficava acompanhar o sanfoneiro nos forrós, apesar de cansar-se com muita facilidade. Depois de mais três meses, conseguiu andar sem muletas. Uma perna ficou cinco centímetros mais curta do que a outra, mas quem se importava? Ela estava viva, e uma palmilha especial resolveria esse pequeno problema. As irmãs estavam se casando, os sobrinhos começaram a nascer, e Jeanne, a mais batalhadora e independente da família, tornou-se o principal motivo das preocupações de d. Isis.

Três anos depois de ter voltado para casa, aos 24 anos, Jeanne resolveu seguir os passos da mãe e candidatar-se a vereadora. Como a cidade era pequena, a campanha exigia mais sola de sapato do que dinheiro. Jeanne fez um simples plano de ação e um cronograma, e resolveu que iria começar a trabalhar em sua candidatura logo após aquela Páscoa de 1989.

Na quarta-feira, Jeanne fechou a loja, contente com o longo feriado à sua frente. Ela odiava a Sexta-Feira Santa, mas tinha baile no Sábado de Aleluia, o que compensava tudo.

Ainda com certa dificuldade de locomoção, ela subiu a ruela que acabava no portão de sua casa. Olhando as pessoas na rua, percebeu o número cada vez maior de trabalhadores rurais que haviam deixado o campo e que agora bebiam nos botequins e agrupavam-se à beira do rio para conversar fiado. O gás não conseguia empregar essa gente toda. A pacata Carauari logo começaria a enfrentar problemas sociais. Mais um motivo para eleger-se vereadora.

No meio daquela gente cabocla, a pele enrugada pelo sol, uma cabeça pairava acima dos cabelos negros dos nativos da região. Cabelos louros brilhavam sob o sol do entardecer. Olhos azuis — ou verdes, ela nunca soube ao certo — olhavam-na, apreensivos.

O *gringo* estava a menos de cinquenta metros dela. Depois de três anos sem dar qualquer notícia, nem uma carta, um telefonema, uma explicação, ele estava de volta a Carauari. Quantas vezes ela teve vontade de matá-lo nesses últimos anos? Quantas noites chorou desejando que ele morresse numa explosão em alguma usina? As coisas que queria falar para ele, o desabafo de três anos de humilhação, frustração e vergonha. Depois desse tempo todo, era chegada a oportunidade.

Jeanne foi subindo a rua devagar. Chegando perto dele, seu coração disparou. Por que ele voltou? Hesitou. Robert abriu os braços e, sem pensar, ela se rendeu e se aninhou naquele abraço. Os dois choraram como crianças.

6. Um grande rio sem margens

O veleiro *Jeanne* ficou pronto em abril de 1990.

Robert parecia um menino no leme de seu barco, prestes a realizar seu sonho. Na cabine, a mulher que amava. Vomitando muito, é verdade, mas alguém já disse que o mundo não pode ser perfeito.

Jeanne ainda tinha suas dúvidas. Era essa a vida que sonhava? Viajar pela Europa enquanto aguardavam os documentos do novo barco tinha sido algo que ela nunca pensara poder acontecer com ela. As cidadezinhas charmosas da Inglaterra, as montanhas cobertas de neve na Suíça, os tesouros de Paris. Um marido paciente e carinhoso, que se divertia muito com o permanente estado de deslumbramento e surpresa da mulher. Ela sentia muito a falta da mãe, das irmãs e do seu Juruá, mas sabia que não se pode ter um mundo perfeito.

Robérti lhe prometera ilhas de areias brancas, sol quente e águas mornas, e era para esses lugares de sonho que estavam velejando. O barco era lindo. *Jeanne*. Em tudo que fazia, Robérti declarava seu amor. Era como se ele tentasse ocupar cada pedaço do coração de Jeanne, conquistando pequenos territórios, expulsando cada lembrança que ainda fazia doer. E, como um general, ia fincando sua bandeira, tomando posse de seu território antes de seguir para a batalha seguinte.

Ela sentia uma certa repulsa de si mesma. Nem conseguia olhar no espelho. O cabelo que não conseguia domar, a pele esverdeada e o constante cheiro de enjoo faziam com que ela evitasse o contato com Robérti, embora ele não parecesse notar. Suas mãos só largavam a cintura dela quando o controle do leme exigia ou quando ela tinha que correr para a cabine quando precisava vomitar.

— São só as duas primeiras semanas no mar, amor. Depois você se acostuma com o barco.

Enfim, eles chegaram a Dacar, na costa oriental da África. Jeanne sentiu-se em casa. Os barcos de madeira, o mercado de frutas, crianças negras de dentes branquinhos rindo, felizes. Ali não era preciso saber o que foi a Renascença ou a Revolução Francesa. Era um pouco de Carauari, um pouco de Belém, um pouco de Manaus.

Assim que atracaram, ela pulou para o cais e sumiu na confusão de tecidos coloridos e carros barulhentos e enfeitados. Um caos. Como ela gostava. Comprou uma manga, descascou e lambuzou-se toda para comer. Que bom que Robérti não estava por perto. Em 15 minutos ela comeu mais do que toda a comida que havia conseguido consumir na velejada até Dacar. Feliz, respirando fundo para sentir os diferentes aromas de todas as frutas, dos peixes, dos camarões, sentia-se aliviada por ter recuperado a vontade de comer. Viu um pequeno e rústico salãozinho de beleza. Na estreita vitrine, fotos de mulheres com cabelos em continhas coloridas. A solução!

Robérti a esperava em frente ao *Jeanne*, no cais, andando de um lado para outro. Ele olhou para ela, mas não a reconheceu. Só numa segunda tentativa foi que ele viu que aquela morena de cabelos coloridos era sua mulher. Correu para ela, rindo muito.

— Você está linda! Parece mesmo uma africaninha!

— Agora não preciso mais me preocupar com este cabelo de alma condenada. A moça disse que dura muito tempo. Não vou precisar nem pentear. Até chegarmos à Nova Zelândia!

Jeanne colocou as frutas na mesa e notou que Robérti havia escrito alguma coisa no bloco que sempre ficava perto do rádio. Um número, 180.000, sublinhado várias vezes. Jeanne não gostou daquilo. Robérti não falava em dinheiro, apenas dizia que ela não se preocupasse que ele tinha mais do que o suficiente para velejarem até a Nova Zelândia, mas Jeanne se preocupava. Ela não podia entender como iriam ficar quase dois anos sem trabalhar, só velejando meio mundo. E, agora, aquela quantia escrita perto do rádio. Seria esse o valor do pé de meia de Robérti? Se fosse, era, realmente, muito dinheiro, pois eles pouco gastavam vivendo no barco. Mas e se fosse um empréstimo que ele estava tentando fazer? Ou uma dívida por causa do barco?

Os dias em terra firme passaram rápido. Com o barco abastecido até o teto, Jeanne completamente recuperada do pesadelo da viagem desde a Inglaterra, chegou o dia de dizerem adeus aos amigos que tinham feito na ancoragem, e as velas foram levantadas e a proa do barco apontada para oeste. Rumo a Recife, onde Jeanne reencontraria sua mãe e suas irmãs. Dane-se o perrengue da travessia, pensava. Do outro lado deste oceano, o Brasil a esperava.

A travessia de duas semanas passou rápido, sem muito enjoo, e chegaram na semana anterior ao carnaval.

D. Isis não gostou dos cabelos coloridos da filha.

— Parece uma hippie — foi logo dizendo.

As irmãs adoraram.

Robérti voltou para o estado misto de emburrado e ciumento, como acontecia toda vez que Jeanne encontrava a família. Ninguém quis velejar no *Jeanne*, apesar da promessa de que o veleiro ficaria bem perto das praias. Jeanne acabou convencida pela mãe e livrou-se das continhas africanas. Aproveitou para dar um corte que facilitasse o cuidado dos cabelos a bordo.

Na semana seguinte viajaram para Carauari. Robérti havia aprontado uma surpresa para ela. Uma grande festa de casamento preparada em segredo. Até o vestido, escolhido anos antes com suas irmãs, esperava por Jeanne. Alguém podia ser mais feliz do que ela? Casada na igreja e no papel com seu Robérti, nove anos depois que se conheceram.

Foram dois meses em Recife com muitos passeios pela cidade. Jeanne ainda sentia um pouco de dores, sequela do atropelamento, que ela só notava quando caminhava muito. Robérti deixou que ela decorasse o barco com rendas e artesanato da região.

— Hum... muito feminino... — ele achou.

Quando, enfim, zarparam para o Caribe, em abril de 1991, Jeanne sabia que tão cedo não veria sua família ou seu país. Carauari, então, nem se fala. Ela queria ficar mais tempo com a família, mas eles tinham muito mar pela frente. Foi difícil se despedir. Por outro lado, ela estava feliz em voltar a serem só os dois, a ter o Robérti apaixonado e carinhoso que ela tinha longe da família dela. Ou longe da família dele.

A cada dia que passava, mais ela amava Robérti. Havia momentos em que ele ficava distante, pensativo, olhando o horizonte por horas e horas. Ela não sabia onde ele estava naqueles momentos. E ainda em Recife, mais uma vez ela viu um número sublinhado no bloco ao lado do rádio quando voltou para o barco, depois de passar um dia com a mãe fazendo compras. O número era diferente. Dessa vez era 175.000. Eles não tinham gastado cinco mil dólares desde que saíram do Senegal. O que, então, significava aquele número? E com quem Robérti falava pelo rádio quando ela não estava perto?

Robérti não estava mentindo quando prometeu levar Jeanne para ilhas de areias brancas e mar de água tépida. A estadia pelas ilhas do mar do Caribe foi como um enredo de um filme romântico dos anos 1960. O cenário era lindo, Robert e Jeanne viviam uma linda história de amor. As diferentes culturas das ilhas caribenhas eram um desafio constante, um aprender de expressões básicas em diversas línguas e dialetos. Jeanne esforçava-se para viver o presente, balançando a cabeça com força cada vez que Carauari vinha turvar-lhe a alegria daqueles momentos. Que estranho. Durante toda a sua vida sonhara em deixar sua cidadezinha. Quando tinha, enfim, conseguido, Carauari não saía de suas lembranças. Além disso, não queria pensar no que a esperava ao final da viagem. A desconhecida Nova Zelândia, a mãe de Robérti e a necessidade urgente de aprender inglês.

Robert também se preocupava com o futuro. Como engenheiro de prospecção, sabia que arrumar um emprego não seria difícil, mas na sua profissão as oportunidades não estariam na Nova Zelândia. O que significava deixar Jeanne sozinha, sem falar o idioma, à mercê de sua mãe. Bem, no momento o importante era planejar a travessia do canal do Panamá. Depois, cruzar o Pacífico em direção à Polinésia Francesa. Nada poderia atrapalhar os meses de sonho que iriam ainda viver. Ele aproveitaria que Jeanne tinha saído para passear em Tortola e ligaria para Mahurangi. E tentaria baixar aquele valor de 175.000.

Em outubro de 1991, eles cruzaram o canal do Panamá para atravessar o oceano Pacífico. Foram 45 dias, parando em algumas das ilhas da rota. Jeanne não queria estragar aqueles dias. O vento estava favorável, e não pegaram nenhuma tempestade, mas ela voltou a ficar com enjoos assim que começaram a navegar para Papeete, no Taiti. Ela estava cada vez mais enfraquecida, debilitada. Jeanne não podia nem olhar para a comida que Robérti preparava com tanto esmero. Assim que sentia o cheiro da cebola dourando no azeite de oliva, corria para o banheiro.

Quando chegaram ao Taiti, ela concordou em ver um médico para repor as vitaminas e recuperar o ânimo e a alegria. A princípio ela não queria, pois só de andar em terra firme e comer muita fruta ela já estava se sentindo muito melhor. Mas Robert insistiu e ela não teve como negar.

O médico tirou sangue, colheu urina, fezes, fez uma radiografia do pulmão e um eletrocardiograma. Jeanne estava anêmica e com deficiência de vitaminas. Sentados em frente ao médico, Robert ouvia o diagnóstico e ia traduzindo para uma amedrontada Jeanne.

— Doutor, o senhor acha que devemos interromper nossa viagem? Em vez de navegar até a Nova Zelândia, podemos tomar o avião e deixar o barco aqui. Quando Jeanne se recuperar totalmente voltamos para buscar o barco. Navegar assim, doente, só iria fazê-la piorar.

— Doente? Eu não falei que ela está doente — disse o médico, rindo. — Sua mulher está grávida, mas não doente!

Robert arregalou os olhos e passou a repetir: "*What? What?*" — para desespero de Jeanne, que não entendia uma palavra daquele diálogo maluco. Robert virou-se para Jeanne e, enfim, traduziu a mágica notícia:

— Vamos ter um bebê, Jeanne. Você não está nada doente, está enjoando porque está grávida! Nós vamos ter um filho!

Foi a vez de Jeanne ficar boquiaberta.

O plano de viagem foi alterado. Não iriam mais dar a volta ao mundo, mas navegar direto rumo à Nova Zelândia, para Mahurangi, onde Robert pretendia ancorar seu barco.

— Não podemos mais viver no barco — disse Jeanne. — Pelo menos até o neném fazer um ano.

— Não, meu amor, não vamos viver no barco. Hoje fiz uma remessa de 175 mil dólares para um corretor em Mahurangi. Fechei a compra de uma casa para nossa família.

Numa manhã fria do dia 20 de dezembro de 1991, o *Jeanne* deslizou suavemente pela pequena e protegida enseada da baía de Opua. Na proa, segurando o cabo para amarrar o barco ao cais, Jeanne olhava os campos cheios de carneirinhos brancos. E não teve mais dúvidas: o Juruá, Carauari e sua família agora seriam apenas boas lembranças. Sua felicidade estava ali, apenas começando, todos os seus sonhos realizados. O moço alto, bonito e de olhos azuis — ou verdes? — que lhe sorria do leme, um neném crescendo em sua barriga e uma casa só deles, pronta para ser decorada com almofadas de renda e uma colorida rede da Amazônia.

Quem disse que o mundo não pode ser perfeito?

7. Reencontro

Lancei meu livro *Dez anos no mar* no Iate Clube do Rio de Janeiro em abril de 1995. Estava conversando com meu irmão Humberto e a mulher dele, Gilda, quando um marinheiro nos avisou:

— Tem um gringo, da *Ceilândia*, que diz que é amigo de vocês e está na portaria.

Para nossa surpresa, era Robert com sua filha, Kat, no colo.

— Que surpresa! — falei, feliz, a Robert. — E que grande e linda está Kat!

— Já faz quase dois anos que nos vimos pela última vez na Nova Zelândia — disse Robert.

— E onde está Jeanne? — perguntou Vilfredo, olhando ao redor.

A dor no rosto de Robert nos assustou.

— Vocês não receberam as cartas que enviei?

— Não, nunca recebemos nenhuma carta de vocês. Lembra que a gente se falou por rádio em 1994, quando chegamos da viagem de volta ao mundo? A Jeanne disse que precisava conversar comigo, mas não queria falar o assunto no rádio. Ficou de mandar uma carta, mas acho que nunca mandou — relembrei.

— Depois daquele contato, enviamos várias cartas para vocês, mas sempre voltavam com um carimbo: DESTINATÁRIO NÃO ENCONTRADO. Imaginamos que estavam navegando. Por isso não recebemos a carta da Jeanne — acrescentou Vilfredo.

Abaixando a voz, Robert falou:

— Ela não teve tempo. Vocês não ficaram sabendo, então... Jeanne morreu há oito meses. Tumor cerebral.

Meus olhos ficaram turvos. Olhei para a menininha e nem pude falar.

— Desculpe dar a notícia aqui, dessa forma. Li no jornal sobre a noite de autógrafos e queria revê-los. Estava com saudade de vocês.

Olhei para Kat, que sorriu para mim. Os olhinhos, curiosos e vivos, foram a primeira coisa que me chamou a atenção. A segunda foi a voz bem fininha. Robert colocou-a no chão e a menina começou a andar com passos hesitantes, como se estivesse se equilibrando.

— Ela é minha Pinóquio! — brincou Robert. E, mais sério, explicou: — Ela teve que tomar oxigênio, pois não chorou ao nascer. Isso afetou um pouco sua capacidade de andar, mas, com o tempo e a fisioterapia, ela ficará boa.

— Mas, quando visitamos o bebê pela primeira vez, ela tinha cinco meses. Não me lembro de vocês terem comentado a respeito — estranhei.

— Só soubemos da sequela mais tarde, quando ela tentou dar os primeiros passinhos.

A partir daquele dia, em todos os lugares a que íamos para fazer uma noite de autógrafos ou quando estávamos no veleiro em Guarujá, Robert aparecia com Kat. Em uma dessas visitas ao barco ele pediu para ficar hospedado lá por uma semana. Em cada encontro, ele nos contou mais sobre sua vida desde que nos tínhamos visto na Nova Zelândia, em 1992.

Ele estava morando com Kat em São Paulo e tentando criá-la sozinho. Pretendia ir embora para o seu país assim que acabasse de acertar algumas pendências. Kat nos chamava de titia e titio e ficava tranquila e feliz. Era muito brincalhona com os meninos. Cada vez que reencontrávamos pai e filha era uma alegria para mim.

Kat me esperava, contente por eu ficar com ela, e eu me esquecia do tempo brincando de bonecas ou no parquinho.

Em junho, estávamos preparando o *Aysso* para levá-lo de volta para Santa Catarina, e Vilfredo perguntou a Robert se ele queria velejar conosco.

— Puxa, que saudade de navegar! Meu *Jeanne* está tão longe, na Nova Zelândia! Vai ser ótimo!

Márcia, nossa amiga pediatra, já tinha chegado para fazer essa viagem e estava feliz em saber que a menina ia conosco.

Zarpamos do Iate Clube de Santos numa manhã de céu azul e ventos favoráveis. O *Aysso* costeava o litoral rumo sul. No final de tarde do segundo dia de navegação, fomos para o deque assistir ao pôr do sol. Márcia ficou na sala brincando de boneca com a Kat.

Robert foi o primeiro a falar:

— Tenho que confessar que menti para vocês. Espero que me compreendam e não fiquem chateados comigo.

— Isso parece sério — brincou Vilfredo. — Pode falar, nós somos seus amigos.

Robert baixou a cabeça e, emocionado, falou quase sussurrando:

— Jeanne não morreu de um tumor no cérebro. Ela morreu de aids.

Nem olhei para Vilfredo, de tão chocada e surpresa que eu estava. Talvez não tivesse escutado direito. Balancei a cabeça para clarear meus pensamentos. Não podia ser. Robert, mais aliviado agora, voltou a falar num tom normal.

— Quando Jeanne foi atropelada em Belém, ela ficou seis horas na cirurgia. Foram quatro litros de transfusão de sangue. Foi quando ela ficou contaminada. Isso em 1986. A aids era uma doença pouco conhecida. Os controles de sangue não eram tão rígidos como agora.

Vilfredo, no leme, olhava fixo para o horizonte, como se um grande monstro marinho estivesse nadando em direção ao *Aysso*. Eu chorava, e ainda não tinha conseguido falar nada.

Vilfredo conseguiu quebrar nosso silêncio.

— Estamos aqui para o que você precisar.

Robert ficou calado por um tempo, e depois continuou falando baixo.

— Kat nasceu forte e saudável com 3,2 quilos, vocês a viram, lembram? Nunca fizeram exames em Jeanne ou Kat. Depois do parto, Jeanne, aos poucos, foi perdendo peso. Os médicos diagnosticaram anemia aguda e desnutrição. Começou a tomar remédio e passava mal, vomitava, tinha diarreia. O segundo diagnóstico foi depressão pós-parto. Ela foi ficando deprimida, triste, sentia saudade do calor, queria voltar para o Brasil, trazer Kat para a família conhecer. Eu só conseguia emprego longe da Nova Zelândia, nas áreas de exploração de petróleo, e não queria deixar Jeanne e Kat sozinhas. Como ela não melhorava e minhas economias estavam no fim, arrumei um trabalho no Brasil e, quando Kat fez um ano, voltamos para Manaus. Foi uma mudança ótima para todos nós. Jeanne até melhorou nas primeiras semanas. Estava feliz em ver a família e os amigos. Alugamos uma casa e fui chamado para trabalhar em Macaé, no Rio de Janeiro.

Robert tossiu e desci para buscar um copo d'água. Ele continuou:

— Viajei tranquilo, pois sabia que Jeanne estava cercada de cuidados e parecia melhorar a cada dia. Eu ia de 15 em 15 dias, muito feliz ao ver que tudo estava bem. Um dia, logo depois de uma de minhas visitas, Jeanne voltou a ter uma forte diarreia. Ela foi hospitalizada e submetida a diversos exames. Após a repetição de alguns exames, veio o diagnóstico: Jeanne tinha HIV. Imediatamente levaram Kat para fazer exames. Positivo. Ligaram-me e pediram que eu voltasse urgentemente, pois Jeanne estava muito doente. Por mais que eu insistisse, não me diziam nada.

Emocionado, ele parou de falar e esperamos em silêncio que ele retomasse a narrativa.

— Tomei o primeiro voo. Foi a viagem mais longa que eu fiz, parecia que nunca ia chegar. Meu cunhado João estava no aeroporto e me deu a notícia. Não entendi no primeiro momento. Como? Quando? Por quê? E Kat? Chorei ao ver Jeanne. Ela estava desesperada. Fiz meu exame. Positivo, eu também tinha o vírus. Não acreditei. Para mim, aids era uma doença de prostitutas, gays e viciados. Não de uma mãe, não de minha filha, não de um bebê. Eu insisti para repetir os exames, pois acreditava em um erro do laboratório. Foi uma sentença de morte. Senti-me como se minha mulher, minha filha e eu estivéssemos com uma arma apontada para nossas cabeças. E o mais difícil para mim foi ver o desespero de Jeanne. Ela chorava muito e se culpava: "Se eu soubesse, nunca teria tido minha filha. E, ainda por cima, dei de mamar. Como pode, Robérti, a gente nunca ter descoberto? Ai, meu Deus, me ajude, quem vai cuidar de Kat se morrermos? Como vamos fazer? E se ela morrer antes, Robérti, vou morrer também. Ai, Robérti, o que vamos fazer? Meu Deus, meu Deus, que tristeza!", ela repetia.

Robert parou de falar e balançou a cabeça como que afastando a lembrança. Nós o esperamos continuar.

— Eu preferia acreditar que tudo não passava de um pesadelo, que eu ia acordar e tudo estaria como antes! Tudo muito deprimente e muito triste. A família de Jeanne também estava devastada. Eles queriam que ficássemos em Manaus, mas não havia ambiente para nós. Ter HIV mudou tudo, situações normais se tornaram complexas. De repente, todo mundo olhava para a gente como se olhassem para um cão sarnento. Não dava para acreditar na discriminação que as pessoas tinham. Os amigos se afastaram e nos abandonaram assim que souberam de nossa doença. Mesmo os que ficaram perto criaram uma barreira, como se tivessem medo de chegar perto da gente. Uma vez, em uma festa de aniversário, os pais levaram as crianças embora assim que chegamos com Kat. Foi muito difícil. Descobri que a vida passou a ser eu e minha família. Não sei como não enlouqueci. Não existiam mais planos. Como agir? Como proteger nossa vida da curiosidade e da pena das pessoas? Resolvemos mudar para Recife a fim de recomeçar nossa vida do zero. Sem contar para ninguém da nossa doença. Íamos usar o dinheiro que eu tinha economizado para encontrar médicos e comprar remédios.

Robert parou de falar novamente. O Sol começou a cair no mar. Ele, baixinho, voltou a falar:

— Começamos então a tomar os medicamentos, mas Jeanne continuava emagrecendo. Kat sofreu reação aos remédios e foi internada várias vezes. Encontramos um bom médico e um ótimo hospital. A irmã de Jeanne, a Keilah, e o João haviam se mudado para uma cidade perto de Recife. A mãe e as outras irmãs vinham sempre passar um tempo conosco, ajudando-me a cuidar de Kat e Jeanne. Kat ficou internada e estava muito fraca. Perdeu muito peso, e o médico nos aconselhou a batizá-la, pois ele não tinha muita esperança de que ela vivesse. Estava com dois anos, mas parecia um bebê com a metade da idade. O estado de Jeanne foi ficando pior, não queria comer nem falar com ninguém, só chorava. Era como se ela tivesse desistido de viver. Você sabe o que é ver a mulher que você ama morrendo e não poder fazer nada?

Nesse momento seus olhos ficaram cheios de lágrimas.

— Procurei os melhores recursos, praticamente montei um hospital em casa, mas os médicos não me deram nenhuma esperança. Tínhamos um gatinho, o Max, e, com a baixa imunidade, Jeanne contraiu toxoplasmose. Um dia antes de completar 29 anos, Jeanne pediu que eu cuidasse bem da Kat, pois ela sentia que ia morrer. Eu segurei Jeanne, que estava magra, fraca, e lhe disse quanto a amava e como Kat e eu precisávamos dela. Ela me deu um sorriso muito meigo, como no dia em que a conheci. Nessa noite ela entrou em coma, e no dia seguinte do seu aniversário faleceu.

O Sol se pôs naquele instante. Nas nossas faces, alaranjadas pelo reflexo do crepúsculo, lágrimas rolavam sem controle.

Robert continuou, depois de se recuperar um pouco:

— Depois que ela morreu, não me lembro de muita coisa. Só me lembro de que Kat se agarrou no meu pescoço, assustada, e chorava quando eu chorava. Decidi ir para São Paulo procurar ajuda para minha filha. Não podia deixar que tivesse o mesmo fim de Jeanne. Já entrei em contato com médicos nos Estados Unidos e na Inglaterra. A doença é muito recente, há muitas especulações e poucos remédios. Os que nós tomamos têm efeitos colaterais horríveis.

"Semana passada, vi na tevê que vocês estavam lançando seu livro sobre a viagem de volta ao mundo. Fiquei muito feliz só de pensar que voltaria a ver vocês. Mesmo nas horas mais dolorosas e difíceis, Jeanne falava em vocês com muito carinho e muita saudade. Só peço que mantenham em segredo nossa condição, pois estou cansado de ser discriminado. Não quero ninguém com cara de pena quando olham para Kat. Sempre digo que ela teve problemas ao nascer e todo mundo aceita que ela caminhe assim com dificuldade e que seja magrinha. Quando olham para mim, ninguém diz que tenho o vírus."

Realmente, com 110 quilos, Robert aparentava muita saúde.

A carinha de Kat apareceu na gaiuta de entrada.

— Tô com fome, papai. Vamos comer?

Logo atrás dela, Márcia olha para mim com uma expressão de interrogação ao ver meus olhos vermelhos e inchados. Vilfredo, Kat e Robert desceram para preparar o jantar. Minha amiga se espantou ao ver que eu estava chorando.

— O que houve?

— Márcia, você tem que me ajudar. E guardar segredo de médico.

E, num só fôlego, contei para Márcia o que Robert tinha contado.

— Vai lavar seu rosto, guria, e vamos jantar. Aí a gente conversa com mais calma. Tenho que saber que remédios ela toma.

Depois que Kat foi dormir, Vilfredo e Robert foram para o cockpit. Márcia e eu fechamos a porta da minha cabine e comecei a externar todas as minhas questões. Como se pega ou não se pega? Qual o risco de contrairmos? Isso não é doença de criança!

Márcia, minha amiga de muitos anos, foi bem sincera comigo.

— Heloisa, que ignorante você é! Acabei de vir de um congresso de pediatria, e já existem muitos bebês e crianças com a doença. Vamos lá, vou te explicar direitinho. Para começar e te tranquilizar, não tem perigo nenhum de contaminação aqui no barco, usando o mesmo banheiro, a mesma louça ou copos.

E, de uma forma didática, com muita calma, ela foi me ensinando sobre a doença. Eu era mesmo uma ignorante preconceituosa, como as outras pessoas. Realmente, não sabia nada. Fiquei ainda mais triste quando ela me confirmou que não existia cura para a aids e que o índice de sobrevivência de crianças era muito baixo. Quase não dormi naquela noite, preocupada com Robert e Kat. O que seria deles? E, se ele morresse primeiro, quem cuidaria dela?

De manhã, acordei com os olhinhos de Kat me espiando da porta de minha cabine. Quando sorri para ela, sua risada ecoou pelo barco e pelo meu coração. Durante aquela velejada, aos pouquinhos, ela foi me cativando com sua meiguice, sua curiosidade e energia. Nem dava para perceber que ela tinha uma doença.

Perto de Paranaguá, fomos avisados pelo rádio sobre a mudança do tempo. Entrou uma frente fria com muita chuva. Durante oito horas fomos castigados pelos ventos contrários e pelo balanço desencontrado do *Aysso*. Kat enjoou logo após tomar o remédio e deitou-se no beliche. Robert ficou o tempo todo ao lado dela. Márcia ofereceu iogurte, maçã, biscoitos, bolacha salgada, mas ela não queria comer. Só tomou um suco. À noite, quando a tempestade passou, Vilfredo e eu estávamos no turno tomando um café quando Robert apareceu com uma xícara de chá e sentou-se conosco.

— Como está Kat? — perguntei, preocupada.

— Está bem, dormindo. Tomou uma mamadeira.

Ficamos em silêncio por um bom tempo. Robert foi o primeiro a falar:

— Jeanne tentou se comunicar com vocês depois daquele contato pelo rádio, mas não conseguiu. Ela queria muito falar com vocês. Ela estava morrendo. Agora é minha vez...

— Robert, você está bem — interrompeu Vilfredo. — Tudo vai dar certo. Se você quiser ficar conosco no barco, pode ficar.

— Vilfredo, eu estou morrendo. Já aceitei isso. O que não consigo aceitar é ter que deixar minha filha sozinha. Eu e Jeanne queríamos que Kat tivesse uma família igual à de vocês. É muito difícil, nem sei como começar. Por favor, me escutem sem falar nada. Conversei muito com Jeanne antes de ela partir. Estou morrendo. Kat está aparentemente bem, mas não tenho esperança nenhuma de continuar vivo para vê-la crescer. Minha decisão amadureceu nesses últimos seis meses, pois vejo meu estado de saúde declinando. Sei que não aparento ser tão doente, mas meus últimos resultados de exames são bem ruins. Já fui a orfanatos, procurei conhecidos e amigos. Vocês não têm ideia de quanto é difícil para mim. Estou em um desespero profundo que não me deixa dormir, minha cabeça parece um redemoinho, só de pensar que posso morrer amanhã e deixar Kat sozinha. Por isso queria pedir para vocês ficarem com Kat para eu morrer tranquilo. Estou pedindo que vocês a adotem.

Olhei para Robert e Vilfredo, e naquele momento, enquanto Robert falava, meu coração quase parou. Muitas vezes na vida vivemos situações que parecem fora da realidade. Esse momento foi um deles. Não posso defini-lo como um sonho, mas tudo parecia fora de um contexto real, como se o barco estivesse flutuando, suspenso no espaço, as nuvens se misturando com o mar, tudo formando um cenário. Até o som da natureza parou. Não escutava o vento nem as ondas. Estava acordada, mas me sentia imersa entre a realidade e o impossível. Ao falar, Vilfredo quebrou a barreira e me vi de volta ao barco. Será que eu tinha escutado direito?

— Robert, você está pedindo para que nós fiquemos com Kat?

— Sim, eu queria que ela fosse filha de vocês. Ela tem pouco tempo de vida também, mas não ficaria desamparada nesses últimos meses. Eu sei, Wilhelm tem 18 anos e seria como começar tudo de novo. Kat precisa de muitos cuidados e amor.

— Não podemos tomar uma decisão dessas aqui, no meio do mar. Quando chegarmos a Santa Catarina, vamos sentar e conversar. Ver como funciona.

— Sei disso. Mas preciso que vocês me digam logo, não tenho tempo para esperar. Kat já se sente bem com vocês.

Pensei nos olhinhos dela e em seu sorriso feliz cada vez que me via e, mesmo antes de consultar os meninos, conversar mais com Vilfredo e com os médicos, já sabia que havia me tornado mãe de Kat. Desci para buscar água e entrei na cabine onde Kat, indiferente ao fato de que seu destino estava sendo mudado, dormia abraçada com seu ursinho.

Lembrei-me do ditado que diz: "Tome cuidado com o que você deseja. Você pode acabar conseguindo."

Em 1990, nas ilhas da Polinésia, as mulheres me perguntavam quando me viam com os meninos:

— Você não tem filha?

E eu respondia:

— Não.

E me diziam:

— Toda mulher precisa ter uma filha. Na nossa cultura, se você não tem nenhuma filha, você cria um dos seus filhos como uma menina e ele se torna um *mahu*.

Algumas mães queriam que eu adotasse suas filhas para que elas tivessem uma vida diferente viajando no veleiro. Eu queria compartilhar nossa vida com uma criança. Há tempos havíamos decidido adotar uma menina. Em 1991, quando perdemos os mastros, fomos ao Brasil com a intenção de adotar uma criança brasileira. Eu não queria um bebê. Queria uma menina bem sapeca. Ficamos muito desapontados, pois o processo era longo e difícil. Fiquei com o sonho de um dia encontrar essa menina...

Robert, Vilfredo e eu passamos a noite conversando.

Assim que atracamos, nos reunimos com nossos filhos, Pierre, David e Wilhelm, e falamos de nossa decisão de adotar Kat. Eles apoiaram na hora. Porém, todos se preocuparam comigo:

— Mom, você tem certeza de que vai suportar a barra se ela morrer?

— Vamos cruzar essa etapa quando chegarmos lá. O mais importante é que ela tenha muito amor conosco para viver uma vida feliz.

— E a família de Jeanne? E a de Robert? — quis saber Pierre.

Expliquei o que Robert dissera. Que ele e Jeanne conversaram sobre isso antes de ela morrer. Ele havia explicado que a família de Jeanne morava no meio da floresta, longe da capital, sem acesso a um bom hospital que tivesse os tratamentos especializados na doença. E que a dos pais dele moravam na Nova Zelândia, e a última coisa que a mãe dele iria querer seria uma criança pequena na vida dela, agora que ia se aposentar e amava jogar golfe. Decidimos guardar segredo sobre a adoção e a condição de Kat.

Assim, acostumados a uma vida quase pública de reportagens na televisão e entrevistas em jornais e revistas, nossa família teve que aprender a guardar uma parte de nossa história em absoluto segredo.

8. Quem é essa menina tão iluminada?

Junho de 1995.

Minha vida deu uma guinada total com a chegada da Kat. Assim que concordamos com o pedido de Robert para cuidar dela, fomos a uma reunião com o juiz de menores para consultar sobre a adoção plena, como legalizar todos os documentos, prazos e exigências a cumprir. Contamos ao juiz a razão da urgência da adoção e ele deu um prazo de três semanas para voltarmos.

Na mesma semana uma assistente social veio nos visitar e nos aconselhou a sair do nosso barco e alugarmos uma casa.

— Um barco não é lugar para criar uma criança — sentenciou.

Argumentamos que não tínhamos casa, que o veleiro era o nosso lar, mas ela justificou que essa era uma condição para adotarmos Kat. Resolvi concordar, embora achasse que ela estava errada. Afinal, havia criado meus filhos a bordo durante dez anos.

Alugamos uma casa grande, mobiliada, na beira da praia em Porto Belo, Santa Catarina, e nos mudamos. Robert e Kat vieram morar conosco. Na sala em cima da garagem, instalamos nosso escritório.

O passo seguinte foi ir com Robert a São Paulo para conhecer mais sobre o tratamento de Kat. Quando chegamos ao Hospital Público de São Paulo, único que atendia os soropositivos, eu não podia acreditar no que via. As crianças ficavam na sala de espera com pacientes adultos. Crianças e pais doentes, uma tristeza tão grande que eu queria sair dali correndo. O que eu estava fazendo? Que mundo sombrio e deprimente era esse que eu estava entrando por minha livre e espontânea vontade?

Vi e ouvi conversas de dependentes químicos mostrando as cicatrizes das picadas em seus braços, prostitutas e garotos de programa contando abertamente como transavam, relatos sobre os efeitos secundários dos remédios, sobre os doentes que tinham morrido recentemente, tudo com detalhes, em voz alta e na frente das crianças. Uma mãe soluçava segurando o seu filho. Contou-me que teve gêmeos, hemofílicos, que tinham sido contaminados em uma transfusão de sangue. Um deles tinha morrido e o outro estava condenado também. O olhar de desesperança foi o que mais me marcou. Lembrei-me de ter assistido a um filme em que o olhar do condenado à morte era como se ele já tivesse morrido. Assim eram os olhares das pessoas naquela sala.

Mas, no meio desse desespero todo, um grupo de sorridentes crianças, acompanhadas por mulheres que cuidavam delas com muito carinho, me chamou a atenção. Eram do interior de São Paulo e moravam num lar de crianças soropositivas, a maioria órfã de pais contaminados pelo vírus da aids. Esperamos mais de uma hora e as crianças ainda não tinham sido atendidas. Kat, cansada de esperar, dormiu no colo de Robert.

De repente, conheci um herói. Frei Antonius, que cuidava do lar de crianças, entrou na sala e, quando viu aquela situação, deu um pontapé na porta e entrou na área de atendimento. Num tom de voz exaltado e revoltado, falou com os médicos:

— Minhas crianças estão esperando há mais de uma hora! Primeiro, atendam as crianças! Os adultos podem esperar!

Em dois minutos as crianças começaram a ser atendidas.

Durante a consulta da Kat, enquanto o médico a examinava, Robert me apresentou.

— Heloisa é a mãe da família que adotará Katherine.

O médico me olhou de cima a baixo, espantado.

— Como assim, adotar? Ela é uma criança terminal, minha senhora. O que a senhora sabe dessa doença? Por que não procura uma criança saudável para adotar?

Fiquei tão chocada com tamanha insensibilidade que comecei a chorar. O médico ignorou minha reação e voltou a conversar com Robert:

— O baço e o fígado dela estão se deteriorando muito rápido. O medicamento não está fazendo efeito.

Assim, na frente de Kat, deitadinha ali na cama do hospital. O médico voltou a insistir:

— Pense bem no que a senhora vai fazer. Ela não tem mais do que seis meses de vida. Até o Natal. É o máximo que ela vai viver. Robert sabe disso, mas já vi que a senhora não tem a mínima ideia do que seja uma doença terminal. Seis meses. É o máximo que ela vai viver.

Nessas alturas, eu estava pronta a engrossar com ele. Nem esperei que terminasse de falar.

— Desculpe-me, doutor, mas nós todos somos terminais! Só temos uma certeza na vida: que vamos morrer. Meu irmão tinha 12 anos, era forte e saudável, nadava bem, mas morreu afogado numa piscina cheia de gente. Se você sai na rua hoje e um carro o atropela, você morre.

Juro que, na hora, eu podia até ver o médico morrendo esmagado embaixo de um carro.

— Minha senhora, não fique nervosa, somente estou sendo bem sincero e lhe mostrando o problema que a senhora está trazendo para a sua vida. A senhora é parente, pelo menos?

— Eles são meus amigos do barco faz muito tempo. E amigos de minha esposa, Jeanne — disse Robert para acalmar os ânimos e se justificar.

— Nem parentes vocês são! Como pode uma coisa dessas? Se fossem da família, eu ainda entenderia. Deixe-me dar um conselho: nem entre com os papéis de adoção. É um processo demorado e não vai dar tempo para ela ser sua filha no papel. Muito trabalho para pouco tempo. E pense também que terão muitos custos envolvidos no tratamento dela. Já fez as contas?

— Obrigada pelo conselho — disse para acabar com aquele bate-boca na frente da Kat.

Ela sorria para mim. Kat foi levada para exames e tomar a globulina, intravenosa. Na ala de crianças com HIV, pelo menos umas dez estavam internadas. Era cortante presenciar o sofrimento dos pais vendo os filhos morrerem. Eu estava arrasada. Meu Deus, era muito pior do que eu imaginava. Será que eu teria forças? Na hora de tirar sangue, olhei para Kat e, de novo, vi um olhar tão cheio de amor que me comoveu. Robert pedia à enfermeira que esperasse um pouco, pois Kat estava tomando coragem. Ela então olhou para o pai e disse:

— Ok, pode tirar o sangue.

Nem um choro, nem uma reclamação.

"Quem é essa criança?", pensei comigo. "Tão pequena e tão corajosa." Ela ficou ali deitadinha por uma hora enquanto nos revezávamos, Robert e eu, contando histórias. Saímos dali direto para um restaurante, onde Kat comeu sashimi, sua comida favorita.

Robert ficou três dias em São Paulo para entregar o apartamento, fazer as malas e voltar de carro para Porto Belo, seu novo lar com Kat. Eu peguei o voo para Santa Catarina e não conseguia parar de chorar. Vilfredo foi me pegar no aeroporto, ficou preocupado comigo e conversamos tudo outra vez. Ao contrário de nossas planejadas voltas ao mundo, dessa vez nós estávamos prestes a embarcar numa viagem sem mapas, sem cartas náuticas e onde a agulha da bússola não apontava para o Norte, mas girava sem controle. Porém, quando o Sol nasceu, tínhamos resolvido que iríamos assim mesmo.

Não conseguia comer ou dormir e fiquei de cama por três dias. Cada vez que fechava os olhos eu me lembrava do que havia visto naquele hospital, e era como se estivesse revivendo um pesadelo.

9. Katherine Schurmann

— Qual o direito de alguém da família de Jeanne ou de Robert contestar a adoção? — Foi a primeira pergunta de Vilfredo quando fomos ao Juizado de Menores, em Florianópolis, para dar entrada no processo de adoção de Kat.

— Nenhum. A partir do momento que o pai assina a adoção, e com o atestado de óbito da mãe, vocês terão a plena custódia da menina — esclareceu o juiz.

— E enquanto a adoção não for finalizada, como fica a nossa situação? — Era a minha dúvida.

— Aqui está o documento que dá a guarda para vocês.

E, assim, a pequenina Kat ocupou todos os espaços da casa com suas gargalhadas e sua vozinha cantando suas músicas favoritas. Robert começou a me ensinar a cuidar de Kat. Os cuidados universais com o sangue, a alimentação, a higiene e como dar os remédios. Como, por exemplo, quebrar ao meio um comprimido de Videx, do tamanho de uma moeda de um real, triturar e dar para Kat, quatro vezes por dia, misturado com um pedacinho de banana ou mamão. Algumas vezes ela se engasgava e vomitava tudo. Devagar, Robert começava tudo de novo.

— Será que vou aprender a ter paciência de fazer como Robert? — questionava-me a cada momento.

Fomos ao Hospital Infantil de Florianópolis, onde conhecemos os médicos que iriam cuidar de Kat. Conhecemos a enfermeira Ely, que viria a se tornar uma grande amiga. Se caso algo acontecesse a Kat, haveria uma eficiente estrutura de apoio para socorrê-la. Robert não deixava Kat se aproximar de outras crianças com medo de que ela pegasse um resfriado. Um dia, depois de voltarmos do hospital onde Kat havia feito os exames e tinha brincado, falei para ele:

— Você viu como ela gosta de brincar com outras crianças? Vou matricular Kat no jardim de infância aqui em frente à nossa casa.

Robert ficou furioso.

— Você não entende nada! Nem tem ideia do que é estar condenado à morte. Não quero que ela fique doente.

Fiquei assustada e não toquei mais no assunto. Todavia, não contávamos com o poder de persuasão daquela menina tão pequena, mas já determinada. Ela nos olhava com aquele jeito meigo e o olhar doce e pedia:

— Me deixa ir para a escolinha brincar. Quero desenhar, pintar e brincar com massinha. *Please*... deixa.

E, assim, Kat passou a ir à escola três vezes por semana e, depois de duas semanas, Robert, seguro de que era a decisão certa, concordou que ela fosse diariamente. E ela não perdia nenhum dia de escolinha.

Kat entrou na vida da família assim, de repente. Acostumados que estávamos em estudar os diferentes ventos, as marés e as tempestades, não fomos capazes de prever a brisa de energia e felicidade que estava soprando em nossa direção, mas, para mim, Kat chegou como ela era: iluminada. Como o Sol, que vai chegando ao amanhecer e aos pouquinhos e devagarzinho vai aquecendo nosso dia, assim foi a sua chegada na minha vida. Ela foi aquecendo minha alma e derretendo meu coração. Eu estava assustada com tantas mudanças, com as responsabilidades e com o desafio de ter uma menina na minha vida. O processo de me tornar mãe de Kat me pegou de surpresa, mas meu amor por ela cresceu a cada momento que passamos juntas.

Depois de criar meus três filhos, vi-me de volta à infância. Voltei a ser uma menina. Voltei a brincar de boneca, fazer comidinha, viver no mundo encantado do faz de conta de fadas e duendes, de laços de fitas e roupas com babadinhos cor-de-rosa. O repertório de histórias que contava para os meninos mudou de enredo para dar uma cauda de bolinhas roxas ao terrível dragão, fazer aparecer uma linda princesa em perigo em um castelo encantado, de sereias que saíam do mar para casar com o príncipe, e até inventei heroínas que só existiam na minha imaginação! Construímos nosso mundo de cumplicidade num verdadeiro Clube da Luluzinha — menino não entra. Porém, Vilfredo e meus filhos entraram porta adentro nesse mundo encantado sem pedir licença e se tornaram os personagens-heróis das histórias de um mundo realidade-fantasia. Em pouco tempo, toda a família estava envolvida: todos amavam essa pequena marinheira que passou a fazer parte de nossa tripulação. Depois de dez anos no mar, nossa vida mudou radicalmente. Quem diria, há um ano, que estaríamos morando numa casa e que a família teria aumentado? Que alegria acordar e escutar a voz de Kat ecoando pela casa. A única coisa que turvava minha felicidade era o relógio na parede da cozinha que tiquetaqueava o tempo, trazendo à minha mente as palavras do médico: "Ela não viverá até o Natal."

Estávamos em julho. Cinco meses para o Natal.

As assistentes sociais e a psicóloga que nos visitavam surpreendiam-se em ver Kat tão bem-integrada à família. Robert iniciou o processo de separação orientado pela psicóloga do Juizado. Ele se hospedou em uma pousada perto de nossa casa e ficou sem ver Kat por um dia.

— Onde está meu papai? — perguntou ela, preocupada.

— Foi trabalhar, mas volta amanhã.

— Ah, ok. Mas titio não vai viajar, né? — perguntou, com a testa franzida.

— Não — respondi com a maior naturalidade.

E chamei Vilfredo, que a levou para a escola. Assim, em 15 dias ela foi se acostumando com as ausências do papai. Um pai que tinha se dedicado a ela todas as horas e todos os dias dos últimos trinta meses.

Feliz em sua nova família, com seus irmãos, seus titios e sua escola, ela foi se adaptando a essa nova vida.

Enfim, fomos chamados ao Juizado de Menores para que Robert assinasse a adoção. Foi quando começamos a ter atritos com Robert. Tínhamos pedido a ele que comunicasse a adoção de Kat à família de Jeanne ou à dele. Ele se recusava a nos dar qualquer informação. Voltamos a insistir no assunto na véspera da adoção.

— Robert, Kat tem avós e tios que possuem o direito de saber — insistia eu, preocupada.

— Já falamos sobre isso. Já está decidido há muito tempo. Não quero que vocês entrem em contato com minha família na Nova Zelândia, nem com meus pais na Austrália. Nunca, por favor!

— Kat, um dia, vai querer saber sobre eles — disse Vilfredo.

Robert ficou possesso e deu um soco na mesa. Assustei-me com a reação dele.

— Chega! Vocês querem desistir da adoção? É por isso que querem falar com eles? — falou, num tom alterado.

Estava muito nervoso. E desabafou, falando metade em inglês, metade em português:

— Eu tinha uma linda família e todos os planos do mundo. Queria navegar pelo mundo, como vocês. Vilfredo, desde que nos conhecemos, na baía de Opua, você me dizia que a gente pode realizar todos os sonhos, bastava acreditar. Comigo não aconteceu. Sonhei muito, sonhamos muito, Jeanne e eu. Agora acabou! Minha mulher morreu e não resta mais nada de minha família. Às vezes tenho vontade de matar Kat e me matar também. Não quero que ela tenha um final triste como a sua mãe teve.

“Vou perder minha filha amanhã. *I love Kat so much*, por isso quero que vocês cuidem dela como sua filha. Criem Katherine como fizeram com seus filhos, e, se me prometerem isso, eu vou morrer em paz. *Please*, não insistam que eu fale com ninguém. Meu último desejo, conceda-me isso. *I love Kat*, por isso estou renunciando ao meu direito de pai para que ela seja filha de vocês. Só espero que vocês a amem como eu", Robert soluçava descontroladamente.

— *Robert, I love Kat* — falei, também aos prantos e emocionada com o amor e o sofrimento daquele homem.

— Eu também — acrescentou Vilfredo.

— *I know. Sorry.* Se você não a amasse, Kat não seria sua filha. Muito difícil pensar que tudo está acabado. Amem e cuidem dela e não a deixem sofrer, por favor.

Naquele momento, pensei nos sentimentos que vivemos, sobre os quais lemos ou que testemunhamos, como o nascimento de um filho, a morte de um ente querido, mas o que eu estava presenciando era uma coisa completamente nova para mim: o sublime ato de amor de um pai dando sua filha para adoção.

10. Barbara

Outubro de 2001.

Ele começou a desfazer a mala e colocar as roupas e os sapatos nas prateleiras que sua mãe havia esvaziado para ele.

— Não é muito espaço, mas acho que dá para você guardar suas coisas por duas semanas — disse ela, com a eficiência e o senso de organização que eram suas características. — Que bom que você vai passar seu aniversário de 33 anos com a gente.

Duas semanas. Robert sabia que sua estadia na casa de seus pais seria muito mais longa. Não tão longa como ele gostaria, mas, definitivamente, mais que duas semanas. O câncer de pâncreas de seu pai, diagnosticado uns dias antes, foi uma desculpa perfeita para esconder sua mentira. Ou seu segredo.

Barbara tinha telefonado para dar a notícia. Robert tentou acalmar a mãe e prometeu ir imediatamente à Austrália para passar duas semanas com eles. Barbara não queria que ele adiasse a ida ao Brasil para buscar a filha, que morava com os avós maternos na Amazônia. Mesmo que Robert se recusasse a deixar que Katherine morasse com os avós paternos, ela ficaria feliz pela neta vir morar na Austrália, onde teria uma melhor educação, longe das moscas, do calor e da pobreza da selva.

Duas semanas. Barbara, ainda sob o choque da sentença de morte de Will, seu marido, nem teve cabeça para notar que Robert havia perdido trinta quilos. Havia seis anos não se viam.

Ele tinha se afastado ainda mais dela desde 1994, quando Jeanne faleceu.

Robert pegou sua pequena sacola de ginástica e tirou a urna de metal que carregava como um tesouro. Passando a mão sobre a tampa, falou gentilmente:

— Falta pouco agora, Jeanne.

Escondeu sua preciosa caixa atrás de uma pilha de camisas. Pegou a mala e pensou em guardá-la na garagem. Nunca mais iria precisar dela. Daqui iria para um lugar em que não precisaria de nada, mas resolveu que embaixo da cama seria melhor. A mãe poderia colocar as roupas dele naquela mesma mala para doar a uma instituição de caridade. Antes de sair do quarto, deu uma olhada para o armário. Sua mãe iria ficar muito orgulhosa por ele ter dobrado e guardado suas roupas de maneira tão impecável. É como se ele tivesse voltado aos tempos de menino, quando tinha que arrumar o armário várias vezes até atingir a perfeição, que era regra naquela casa. Ele tinha aprendido. Nunca havia colocado em prática, mas tinha aprendido. Não deixava de ser uma ironia ver aquelas prateleiras tão simetricamente arrumadas quando sua própria vida era um amontoado de escombros.

Barbara estava na cozinha preparando uma das suas maravilhosas receitas para o jantar. Ele não sabia se contava antes ou depois do jantar. Ou nunca. Mas a doença do pai havia mudado todos os seus planos. A mãe precisava dele, ele precisava da mãe. Outra ironia. Robert havia se esforçado a vida toda para ficar o mais longe dela possível.

— Mãe, preciso te contar uma coisa — começou.

Barbara virou-se no momento em que abaixava a chama do fogão.

— Eu sei que você tem que ir ao Brasil. Não se preocupe com seu pai e comigo. Vamos ficar bem. Vá para o Brasil buscar a menina. Vai ser bom para todos nós.

Robert pensou em desistir. Por um momento tentou esquecer tudo o que Jeanne havia passado no pouco tempo que conviveu com Barbara. As humilhações, o preconceito, os comentários maldosos e racistas. Mesmo que a mãe tenha feito Jeanne chorar e sofrer, agora era a mãe que sofria, e ele estava prestes a desferir mais um duro golpe. Ou dois. Ou três.

— Não, mãe, não é isso.

A mãe ainda olhava para o filho e interpretou a indecisão dele como um bom sinal.

— Você vai se casar? É isso? Você está namorando essa enfermeira que ligou ontem?

— Não...

— Eu sabia! Por que uma enfermeira neozelandesa iria ligar para saber se você tinha chegado bem? É claro! Como eu não adivinhei logo? Que coisa boa!

— Não, mãe, ela é responsável pelo meu tratamento, uma espécie de supervisora do meu caso.

Barbara desligou o fogo. Pegou o cálice de vinho que estava no balcão e foi para a sala.

— Que tratamento, Robert? Por que você está fazendo um tratamento? Você está bebendo?

Robert continuava de pé. Foi então que Barbara reparou como ele estava magro. Will também estava emagrecendo muito com a doença. E um quadro horrível começou a formar-se em sua cabeça. De repente, todas as suas defesas emocionais entraram em alerta máximo para esperar o baque. Que não foi pequeno.

O câncer de Will, seu marido, havia torpedeado sua vida. Uma vida confortável, sem problemas financeiros, em que sua única preocupação era terminar uma rodada de golfe abaixo do par. Porém, agora, Robert estava colocando tudo a pique, empurrando-a para uma profundeza abismal.

— Mãe, é melhor você se sentar.

Ela sentou-se no sofá.

— Ok. Estou escutando. Me poupe de seus problemas, Robert. Já tenho suficientes para duas pessoas.

— Jeanne não morreu de um tumor cerebral nem de câncer.

O rosto de Barbara traiu sua surpresa.

— Ela contraiu o vírus HIV através de sangue contaminado na transfusão feita após o atropelamento em Belém.

— Mas isso aconteceu quando ela tinha 21 anos! — interrompeu Barbara.

— Exatamente. Não soubemos da contaminação por muitos anos. Ela morreu de aids.

O cálice de vinho caiu, derramando o líquido vermelho no tapete bege.

Barbara pegou o cálice do chão, foi para a cozinha e o encheu até a borda.

Voltou e dessa vez sentou-se e encarou o filho.

— Bem que eu não queria esse casamento.

— Mãe, me escute sem interromper. Sem saber que estava doente, Jeanne passou a doença para mim. Eu também tenho HIV.

Barbara, pela primeira vez em sua vida, não tinha palavras.

Robert fechou os olhos, aliviado. Enfim tinha sido capaz de desvencilhar-se do peso daquele segredo que o perseguia pelos últimos seis anos. Sua sensação de alívio era proporcional à angústia e à surpresa de sua mãe. Ainda havia mais um segredo a ser revelado que ele deixaria para outro dia. Mesmo para uma pessoa controlada e fria, aquelas duas semanas da doença de seu pai estavam sendo uma provação além do limite do sofrimento que uma esposa e mãe é capaz de aguentar.

Seu pai entrou na sala com um sorriso animado, escondendo a dor e o medo, e perguntou pelo jantar. Robert deu boa-noite para ele e foi para o quarto descansar. Sem uma palavra, Barbara levantou-se, abriu a porta da despensa e pegou uma lata de sopa.

Jogou a sopa em uma panelinha, colocou duas fatias de pão na torradeira, sem parar de tomar seu vinho. Serviu o jantar do marido e voltou a sentar-se no sofá.

"Talvez tudo fique mais fácil para processar através da perspectiva de um bom vinho australiano", pensou.

Muito tempo depois, quando relembrava aquele ano de 2001, Barbara pensava que havia uma espécie de timing perverso na vida.

Um mês depois da revelação de Robert, ela teve que enfrentar a morte de Will, mais do que seu marido e pai de seus três filhos, um admirador dos sucessos profissionais dela e seu parceiro de golfe. Will simplesmente se foi quando ela mais precisava dele. Ele saiu de cena e ela ficou sozinha para testemunhar e lutar, sem esperança, contra a ação daquele invisível sugador que drenava as forças, a energia e a vida de seu filho. Robert estava sumindo. Mal conseguia andar, ficava a maior parte do tempo na cama. Falar exigia grande esforço, e os médicos aumentavam a dosagem de seus remédios a cada consulta. Uma maior potência do remédio significava mais toxicidade; era uma luta que não teria um vencedor. Barbara pensou em ligar para o Brasil, para a pequena Carauari, onde sua neta morava. Mesmo que nunca a tivesse procurado, Barbara sabia, por intermédio de Robert, que ela estava bem, vivendo com a família de Jeanne.

Aproveitando uma noite em que Robert ficou no hospital para receber antibióticos intravenosamente, Barbara foi ao quarto dele e começou a vasculhar as coisas do filho, procurando pelo telefone da família de Katherine na Amazônia.

Uma pequena urna de metal dentro de um saco plástico estava escondida atrás dos suéteres. Uma folha de papel A-4, dobrada, estava presa com durex à caixa. Cuidadosamente, ela abriu o papel. Era um direito dela, pensou.

Para Heloisa Schurmann
Ilhabela, SP, Brazil.
Tel. 00 55 12 449957

Heloisa,

Essas são as cinzas de Jeanne. Já assinei um documento para meu advogado dizendo que quero ser cremado também e enterrado na Nova Zelândia, junto com ela. É muito difícil para eu dizer isto, mas peço que quando a hora de Katherine chegar, num futuro, espero, distante, você a traga para que fique conosco.

Robert

Barbara leu e releu o pequeno bilhete, escrito a mão. Como havia se tornado um hábito recentemente, foi buscar um copo de vinho para poder pensar melhor.

Por que seu filho escreveu esse bilhete para Heloisa Schurmann? Nossa, ele conheceu essa mulher e sua família em 1991 quando velejavam na Nova Zelândia. Será que mantiveram contato depois disso? O que tem Heloisa a ver com sua neta? O que Robert quer dizer com "quando chegar a hora de Katherine"? A menina só tem nove anos!

Barbara colocou tudo de volta como tinha encontrado, mas, antes, anotou o telefone de Heloisa Schurmann. Ela se lembrava muito bem dela e sabia que falava inglês fluentemente. Bem, pelo menos seria mais fácil do que tentar se comunicar com a família do Amazonas. Ela talvez soubesse o telefone da família de Jeanne para fazer contato.

Robert saiu do hospital revigorado. Dirigindo de volta para casa, animada com a corzinha no rosto do filho, Barbara perguntou:

— Você acha que está em condições de ir ao Brasil buscar Katherine?

Robert custou um pouco para sintonizar a mesma frequência que a mãe. Depois de alguns segundos, tentou colocar um fim naquele assunto.

— Não agora. Ainda não.

— Você quer que eu vá com você? Agora que estou sozinha posso viajar a hora que eu quiser.

— Não, não quero.

— Você está ótimo, quer passar na agência de viagens antes de irmos para casa?

— Não, mãe. Quero ir para casa, deitar e descansar.

— Robert, você está se entregando. Tem que lutar, resistir. Acho que com Katherine aqui você teria mais razões para reagir à doença. Às vezes sinto que estou sozinha nessa. Você não ajuda, não tem nem um momento de pensamento positivo, de determinação.

Robert fechou os olhos e deu um longo suspiro. Ainda bem que estavam entrando na garagem de casa.

— Isso que você chama de pensamento positivo é a sua forma de não aceitar a realidade. Mãe, eu estou morrendo. Você tem que aceitar isso.

Barbara não respondeu. Ajudou o filho a sair do carro e pegou as compras no banco de trás. Quando entrou na cozinha, Robert já tinha desaparecido para seu quarto. Ela serviu um copo de vinho e foi atrás dele.

— Decidido! Vou pedir que sua irmã venha ficar com você e eu vou ao Brasil buscar Katherine.

Robert já estava deitado. De repente, ele ficou muito pálido e abatido de novo. Era como se os dias no hospital não tivessem acontecido.

— Ninguém vai buscar Katherine. Ela não vem morar na Austrália. Tire isso da cabeça, não vai acontecer nunca!

— Como não? Você é o pai, tem o direito a essa criança. Ela ficou com a família de Jeanne porque você não tinha condições de cuidar dela trabalhando em plataformas de petróleo. Agora você vai é ficar aqui...

— Por mais dois, três meses? — ele a interrompeu. — Ela vem para cá para me ver morrer? Acha que é bom para uma menina de nove anos?

Barbara ficou quieta. Sabia que o cenário estava se formando na cabeça de Robert: a menina vinha morar com eles, ele morreria, Barbara ficaria criando Katherine sozinha, mas o que não podia saber era que essa situação jamais passaria pela cabeça dele. Por um único motivo.

— Mãe, nem eu nem você temos qualquer direito sobre Katherine. Eu abri mão dela e de meus direitos de pai. Eu dei minha filha para adoção.

Barbara sentou-se na cadeira de rodas do filho, num canto do quarto.

— O quê? Você deu sua filha para ser criada por uma família de mestiços naquele lugar horroroso? Você teve coragem de fazer isso? Essa doença ataca o cérebro também? A capacidade de pensar?

— Não tem nada errado com minha capacidade de discernimento. Foi uma decisão que tomei com Jeanne antes de ela morrer. Katherine não está na Amazônia.

— Como assim? Onde eles estão criando ela?

— Me deixa acabar de falar? Lembra-se dos nossos amigos navegadores brasileiros que conhecemos na Nova Zelândia em 1991? Eles agora são a família de Katherine.

— Aqueles malucos? Uma gente que arrastou os três filhos mundo afora num barquinho durante dez anos? E você ainda me diz que está em plena saúde mental?

— Pois fique sabendo que esses "malucos" acabaram de chegar de uma volta ao mundo que durou três anos. Minha filha foi também. Em vez de estar aqui me vendo morrer, ela visitou 44 países e viu coisas que nunca vai esquecer. Por favor, mãe, posso descansar agora? Por que você não se aconselha com um copo de vinho e me deixa sozinho? Você não tem ideia do que passei e ainda estou passando. Minha filha era tudo que me restava.

Cambaleante, sentindo uma forte pressão na cabeça, Barbara levantou-se e foi para a cozinha. Não podia entender por que tudo aquilo estava acontecendo. Havia perdido o marido, o filho estava morrendo e, agora, a realidade de que havia perdido também a neta.

Ou não. O câncer e o HIV tinham vencido a injusta batalha que travaram com ela, mas as derrotas iriam parar aqui. Essa adoção absurda nada mais era do que um papel. Barbara teve um momento de estranha alegria ao pensar que era chegada a hora de reagir e voltar a vencer, como sempre tinha sido sua vida.

Pegou o telefone e logo ligou para Dennis Trotman, amigo e advogado da família, em Auckland.

Depois para Susan, uma enfermeira sua amiga, para vir cuidar de Robert.

E tomou o primeiro voo para a Nova Zelândia.

— Barbara, minha querida, a situação é como te falei. Legalmente, não há como reverter a adoção de Katherine. A lei de 1955...

— ... Mil novecentos e cinquenta e cinco? Quase meio século atrás? Você quer dizer que uma criança neozelandesa pode ir morar em um país de Terceiro Mundo e ser criada por uns irresponsáveis e não tem nada que eu possa fazer? Por causa de uma estúpida lei de 1955?

Dennis olhava a amiga e cliente com muito carinho. Ele podia imaginar com a clareza de um filme o turbilhão que naquele momento girava na cabeça de Barbara. Ele havia tentado evitar que ela fizesse a viagem da Austrália à Nova Zelândia. Tentou argumentar que seria um dinheiro jogado fora. Tudo aquilo de que ela precisava saber ele já havia explicado por telefone, mas ela não desistiu, veio de qualquer maneira. Disse que era importante falar com ele pessoalmente. E que tinha que entregar a ele as cinzas da nora para que ele providenciasse o local no cemitério de Auckland.

— Barbara, há quantos anos você é minha cliente? Sou o advogado da família há muitos anos, e conheço Robert desde que ele era pequeno. Vi esse menino crescer e também vir a ser meu cliente. Lembra quando ele foi preso naquela briga no pub quando tinha 19 anos? Aconselhei muitas das decisões que ele tomou, inclusive...

— Inclusive esta adoção?

— Sim, Barbara, inclusive esta adoção. Robert e eu conversamos muito sobre o assunto. Não foi uma decisão fácil. Ele sofreu demais, mas, do ponto de vista legal, o processo de adoção foi perfeito. As leis do Brasil e da Nova Zelândia foram rigorosamente aplicadas. Do nosso lado, pesquisei exaustivamente com outros magistrados para evitar que a família...

— Will e eu?

— ... da Jeanne pudesse de alguma forma contestar a adoção. Eu posso acompanhar você à sua reunião com o advogado especialista em adoção, mas posso afirmar que, embora sob enorme pressão emocional, Robert, em momento algum, mostrou qualquer sinal de ausência ou debilidade das faculdades mentais. Foi um gesto de amor e renúncia de um pai.

— Amor e renúncia não cabem na mesma frase, Dennis.

Barbara levantou-se abrindo a porta do escritório com tanta força que a maçaneta interna raspou um pouco da tinta ao bater contra a parede.

Marc, o advogado, sabia que teria uma entrevista difícil. Uma coisa é um cidadão neozelandês querer adotar uma criança brasileira. Outra é uma criança neozelandesa ser adotada por um casal brasileiro. Ele não sabia de nenhum caso. E, agora, esta audiência, solicitada pela avó da criança sob a alegação de que a criança havia sido sequestrada.

Não era o caso, a adoção não violava nenhum dos artigos da Convenção de Haia. Além disso, a criança não era órfã quando foi adotada. Era um caso cristalino, mas, mesmo assim, ele sabia que iria ser uma audiência problemática.

A avó chegou sozinha, embora tenha agendado a entrevista dizendo que estaria acompanhada pelo advogado da família.

Muito elegante, parecia vestida para uma tarde em Ascot. O advogado sentiu cheiro de álcool, mas achou que estava imaginando. Não combinava com a distinta senhora que estava se sentando à sua frente.

— Pois não, em que posso ajudá-la?

— Minha neta foi sequestrada por uma família brasileira. Eu vim aqui saber como proceder para trazê-la de volta para a Nova Zelândia, onde ela nasceu.

— Bem, quando a senhora agendou este encontro e citou o assunto a ser tratado, este escritório procurou inteirar-se da situação e entrou em contato com a Vara de Família de Florianópolis, em Santa Catarina.

— Como vocês sabem onde minha neta está morando?

— A família Schurmann é muito conhecida no Brasil. Apesar das restrições que são impostas a acessos a esses processos de adoção, pedi ao nosso representante no Brasil, que conseguiu falar com o presidente do Tribunal de Justiça, que confirmou, *off-the-record*, a transparência e a legalidade da adoção de sua neta. Evidentemente, não foi uma consulta oficial, mas com base nas informações obtidas posso lhe dizer que, infelizmente, a senhora não tem nenhum direito sobre sua neta nem a possibilidade de anular esta adoção.

— Como deixaram isso acontecer? Não entendo como uma cidadã neozelandesa pode ser condenada a crescer num país de Terceiro Mundo sem que a família legítima possa fazer alguma coisa.

O advogado contestou:

— A família legítima, neste caso, é o pai da menina. Com todo o respeito, acho que esta pergunta deveria ser feita para ele.

— Meu filho está muito debilitado, morrendo. Essa família aproveitou-se da fraqueza dele para roubar-lhe a filha. Tudo pode ter sido feito de acordo com as leis da Nova Zelândia, do Brasil, de Haia, do inferno, mas a maneira pela qual eles convenceram meu filho de abrir mão de Katherine foi um crime.

— Bem, o estado mental de seu filho está fora da jurisdição deste escritório. Se a senhora quiser contestar a adoção com base neste fato, sugiro que procure o Conselho Tutelar de sua cidade.

— Meu advogado foi parte nesta conspiração!

Marc começou a achar que o cheiro de uísque estava fazendo sentido agora.

11. Bom dia, Sol; boa noite, estrela!

Levamos três anos, de 1995 a 1997, preparando a nova expedição: dar a volta ao mundo, refazendo a rota que a esquadra de Fernão de Magalhães navegou de 1519 a 1522.

Durante todo esse tempo, Robert mantinha contato constante e, através de telefonemas e cartas, seguia a vida da filha. Volta e meia chegava uma caixa-surpresa com presentes que ele enviava para Kat. Ele havia voltado para a Nova Zelândia e vendido o barco. Conseguimos localizar a família de Jeanne, e eles passaram a participar da vida de Kat. Foi difícil encontrá-los. Com o sobrenome Sousa, a gente seguia uma pista, mas acabava em nada. E a certidão de óbito de Jeanne foi emitida em Recife. Porém, com a diligência e a persistência de um obstinado detetive, consegui entrar em contato com eles. Kat lidava facilmente com o fato de ter uma família grande da mommy, do daddy e da mamãe, mas nada sabíamos sobre os pais de Robert. Ele havia mencionado que Will e Barbara tinham se aposentado e se mudado para a Austrália.

Enquanto Vilfredo cuidava da parte de planejamento e logística da viagem e David da parte da filmagem, eu me dedicava à área didática da expedição e aos cuidados com Kat. Nesses três anos em que ela havia se tornado minha filha, meu aprendizado sobre HIV/aids era constante. Ela estava muito bem, tomando e reagindo positivamente aos medicamentos.

Márcia elaborou uma farmácia completa e me orientou sobre a utilização de cada medicamento. Kat tomava globulina liofilizada, portanto, colocamos um estoque de dois anos no *Aysso*. Os "remédios" seriam adquiridos ao longo da viagem, dependendo dos resultados dos exames específicos. Fomos atrás dos tratamentos mais atualizados, e eles estavam em Miami, Flórida. Com a descoberta daquela nova abordagem, minhas esperanças renovaram-se. A qualquer momento a ciência iria encontrar a cura para milhares de crianças e adultos. A dra. Gwendolyn, médica americana, me passou uma lista dos médicos e hospitais especializados na área de HIV/aids na nossa rota ao redor do mundo. Desde o primeiro momento, nossa família combinou que, se Kat não reagisse bem à longa viagem, eu desembarcaria com ela e voltaríamos para o Brasil.

Porém, meu coração e instinto materno me diziam que tudo daria certo. Kat já tinha provado que o médico de São Paulo havia errado na previsão de sobrevida dela. Dois anos já haviam se passado.

Mas a viagem não foi fácil.

Partimos em novembro de 1997 para uma nova volta ao mundo. Era uma grande aventura, e ter Kat a bordo era um desafio muito maior. Nossa pequena marinheira de cinco anos estava partindo pela primeira vez. Ela observava tudo ao seu redor, acenando feliz para as pessoas nos barcos que iam ficando para trás. Tudo era novidade! Eu estava feliz de zarpar, mas, ainda assim, me preocupava com Kat. Ela era amada e mimada por todos. Contudo, como iria conviver durante quase três anos no mar, num espaço tão pequeno, sem crianças de sua idade? Quando saímos para a primeira viagem de volta ao mundo, Wilhelm tinha só sete anos, mas os irmãos, David, dez, e Pierre, 15, estavam a bordo, e os três eram grandes companheiros.

Nessa viagem, além de Vilfredo, nosso filho David, Kat e eu, tínhamos uma nova tripulação com um neozelandês e um americano. Também a bordo, o biólogo e fotógrafo Luciano Candisani, que iria participar da viagem até a última parada do continente americano. Nosso idioma a bordo era o inglês, e Kat se sentiu à vontade falando duas línguas.

Aos poucos, todos a bordo se acostumaram ao balanço das ondas e se *ajustaram* à rotina da navegação. Os turnos, trabalhos a bordo, tudo era compartilhado entre a tripulação.

Kat me surpreendia a cada dia. Minha pergunta continuava sendo: "Quem é essa criança tão cheia de vida?" Logo se adaptou à vida a bordo e era a tripulante mais feliz: transformou o barco em uma enorme casinha de bonecas. Brincando, cantando, lendo, virou mascote e queridinha de toda a tripulação.

Perto de Punta del Leste pegamos uma tempestade com ventos fortes, ondas altas, e Kat fez seu *esconderijo* no cockpit, onde enfrentou a tempestade, muito tranquila, sem enjoar, sem ter medo ou se apavorar com o mar bravio. Ao chegarmos ao porto, olhando a pequena no colo de Vilfredo, rindo, agasalhada, só com o rosto vermelho aparecendo por entre as roupas, senti-me mais tranquila, e meu medo em relação à sua adaptação começou a desaparecer.

No Iate Clube, Kat tagarelava sem parar, contando para todo mundo sobre as ondas. À noite, adormeceu em poucos segundos, abraçada comigo.

A poucos dias do Natal de 1997, estávamos navegando em condições perfeitas, com vento e corrente favoráveis, rumo a Mar del Plata. Uma tarde, no nosso turno, sol morno, Kat e eu decidimos montar nossa árvore de Natal. Ela era feita de pano, e todos os enfeites eram costurados, para que não caíssem quando o barco balançasse. Juntas, no cockpit, com aquele mar gostoso à nossa volta, vez por outra olhávamos o horizonte para nos certificarmos de que não havia algum navio em nossa rota — afinal, era nosso turno! —, e cantávamos cantigas de Natal. Estávamos felizes, nós duas, por partilharmos um momento tão cúmplice e especial.

Passamos o Natal em Mar del Plata, e Kat mal podia acreditar que Papai Noel tivesse conseguido encontrar nosso barco para deixar seus presentes. Chegou mesmo a ouvir suas risadas e seus passos no deque, quando ia embora. Ho! Ho! Ho! Feliz Natal!

Naquele porto, em um barco francês, o *Ripnochet*, ao nosso lado, havia uma família com duas crianças: Gaia, de três anos, e Nasciment, de seis, que, para alegria de Kat, invadiram o *Aysso*. Eles brincavam e brigavam juntos, cada um falando seu idioma, na linguagem universal das crianças. Cortei da minha lista de preocupações o receio de que ela não teria amigos para brincar.

No dia 30 de dezembro, com previsão de bom tempo, despedimo-nos de nossos amigos e saímos rumo a Puerto Madryn, 424 milhas ao sul. Desse total, pelo menos a metade Kat chorou com saudade de Gaia e Nasciment. Iríamos passar da latitude quarenta, onde os ventos sopram fortes e constantes. Logo na saída do porto, os leões-marinhos surgiram ao lado do *Aysso* e foram, em seguida, substituídos por um bando de golfinhos que repetiam a coreografia: depois de rondarem o barco, mergulhavam rápido, desapareciam para voltar a aparecer logo adiante. Anoiteceu e o frio aumentou. Kat, bem-agasalhada, com o nariz gelado, não queria entrar na cabine, mesmo depois de os golfinhos desaparecerem.

"Leva um casaquinho, pode esfriar" é a recomendação tradicional de todas as mães, preocupadas com seus filhos. Essa preocupação aumenta exponencialmente quando você está perto do Polo Sul com uma filha que tem o sistema imunológico fragilizado. Tive que aprender a controlar meus receios para não limitar a vida de Kat.

Começamos o ano de 1998 na Patagônia. Eram surpresas todos os dias. Em muitos lugares que ancoramos não existe um porto ou uma marina para os veleiros. Para descermos em terra, usamos o caíque. Se não houvesse ondas, íamos até a praia, onde desembarcávamos. O maior desafio era a variação das marés: são cinco metros entre a maré alta e a baixa ou se o vento estiver forte e o mar revolto. Para ficarmos com as mãos livres, saímos com mochilas nas costas. Kat usava salva-vidas no caíque e, para desembarcar, ela ficava segura com Vilfredo num *backpack* (um misto de mochila com cadeirinha, presa às costas). E havia sempre uma expedição diferente, cheia de novidades.

— Uma cidade de pinguins! — exclamou Kat, ao nos aproximarmos da colônia de pinguins, na reserva de Punta Tombo.

Essa é a maior *pinguinera* continental da espécie *Magalhães*. Com uma população de duzentos mil pinguins, era difícil caminhar sem *tropeçar* neles. Eles caminhavam com seus passos cambaleantes, em grupos de três ou quatro.

— Eles andam engraçado que nem eu! — observou Kat.

Os filhotes permaneciam no ninho, esperando pelos pais, que nadavam mar adentro em busca de peixes para alimentá-los. O piado dos filhotes era ensurdecedor. Escolhemos um lugar que parecia tranquilo e nos sentamos. De repente, Kat, às gargalhadas, aponta um pinguim atrás de mim. Curioso, ele se aproximou — para alegria dela —, me bicou e puxou minha blusa.

Em cada uma das expedições, os animais mudam com a paisagem, e avistamos cormorões, pinguins, toninhas e elefantes-marinhos. Kat pensava que éramos uma enciclopédia, queria saber tudo sobre o que ela via. Eu já havia me esquecido de como as crianças têm mil perguntas para cada curiosidade. Ainda bem que Luciano vinha em meu socorro.

As expedições começavam quase sempre de madrugada. Definitivamente, madrugar não está entre as coisas de que gosto de fazer. Eu me perguntava como os demais tripulantes podiam estar tão animados às cinco horas da manhã. Na véspera, já tínhamos tudo pronto. Kat acordava, se espreguiçava e, animada, distribuía bom-dia para a tripulação!

— Vamos para a aventura! — convidava ela. — Quero ver o Sol nascer!

Uma experiência fascinante para essa menina cheia de energia àquela hora da manhã. Eu queria mesmo era ficar quentinha na cama.

Nossa entrada no estreito de Magalhães foi dura, pois os ventos contrários de quarenta nós aumentaram ainda mais; nas rajadas, até sessenta nós. Kat adorou a velejada em ventos fortes. A tempestade não deixou ninguém dormir, exceto Kat, que, aninhada e enrolada num cobertor, igual a um tatu-bola, toda encolhida e protegida em seu beliche, parecia estar num hotel cinco estrelas. "Ela puxou ao pai, Robert. Tem sangue marinheiro", pensei, ao me lembrar dele.

Um dia, ancorados em uma baía enquanto toda a tripulação saiu, Kat e eu estávamos fazendo um trabalho de escola recortando, desenhando e pintando. De repente o vento aumentou, as âncoras não seguraram o *Aysso* e fomos arrastados para o meio do estreito, com ventos fortes e ondas altas. Assumi o controle e, com o motor, passei quatro horas no leme, gelada, com ventos zunindo, tentando salvar o barco. Kat, vestida como um esquimó, ficou protegida do vento e me "ajudou" conversando comigo. Quando ela ficou com fome, desci correndo, peguei um pacote de batatas fritas e um refrigerante, e ela adorou o inesperado piquenique! Finalmente, Vilfredo e Pierre voltaram. Assustaram-se quando não viram o barco no local da ancoragem. No caíque, vasculharam a baía envolta na neblina e conseguiram nos localizar, eu ainda controlando o *Aysso* no motor. Vilfredo assumiu a situação e ancorou em outra baía mais segura.

Sem nenhuma sensibilidade nas mãos, desci para colocá-las em cima do calor do fogão e fazer uma sopa quente. Kat tinha desaparecido para dentro da cabine, pensei que ela estivesse dormindo. Quando eu estava descendo a escada, vi Kat, rindo, toda colorida. Ela tinha pintado tudo, as folhas de papel, as paredes, a roupa, as mãos. Uma bagunça especial, só dela, sem ninguém para interferir.

Foi na Patagônia que Kat e eu começamos nosso *baú de tesouros*. Kat decorou uma caixa com recortes de revistas e desenhos. Durante toda a viagem, em cada praia, trazíamos uma lembrança para guardar no baú. Ele, porém, guardava o mais precioso dos tesouros para mim: esses momentos especiais que nós duas compartilhávamos. Ao segurar sua mãozinha para ensiná-la a escrever números e letras, criar e contar histórias e respondendo a suas inúmeras perguntas, meu amor por Kat ia ficando cada vez mais intenso e sublime — o que me assustava.

Tudo era motivo de brincadeira para Kat. Um dia, enquanto preparava o almoço, espiei pela janela e vi Vilfredo e Kat saindo para um passeio, e a vejo deslizando, feliz, sobre um enorme bloco de gelo, fazendo-o de escorregador, de mãos dadas com Vilfredo. A cada dia, ela me impressionava mais. Além de ter um grande senso de humor — não é fácil ser criança no meio de cinco adultos, quatro homens. Na Patagônia, uma nova tripulante, Sabrina, juntou-se à equipe de filmagem e passamos a ser três na ala feminina. Kat aproveitava muito cada momento e participava de tudo, dando suas opiniões. Os adultos também aprendiam muito com esta nova realidade. Na verdade, acabamos virando um pouco crianças, contagiados pelo seu entusiasmo, sua alegria e suas muitas brincadeiras. Ela nunca reclamou de nada.

Uma aventura diferente foi subir pelas pedras ao lado do glaciar, Vilfredo ajudando Kat. Ficamos encantados pela beleza dos tons de azul que mudavam de nuance conforme a luz do sol. E dizer que eu pensava que Deus tinha feito o gelo só na cor branca. Não resisti, peguei um pedaço de gelo e com Kat experimentamos um "sorvete"! Depois descemos, deslizando como se estivéssemos em um tobogã, e nos divertimos muito.

De fevereiro a abril de 1998, percorremos em 45 dias os 570 quilômetros do estreito de Magalhães. Kat curtia a natureza. Seu entusiasmo era contagiante quando avistávamos baleias, leões-marinhos, golfinhos, além de centenas de pássaros: albatrozes, cormorões e petréis, que sempre nos acompanhavam. Ela ficou bem feliz quando um jovem leão-marinho seguiu ao lado do barco, pulando como um golfinho.

Kat podia comer dez quilos de comida, mas seu organismo não metabolizava os alimentos. Era difícil ganhar peso e crescer. Tornei-me mais do que uma mestre-cuca, uma criadora de comidas gostosas. Pratos enfeitados, com carinhas com olhos de cenoura, cabelos de verduras, boca de tomate e mil e uma ideias para tornar a comida divertida, além de nutritiva e com calorias.

Ela adorava hambúrguer com batatas fritas. No barco, frituras somente se o mar estivesse uma piscina. Com ondas, a panela de óleo quente pode virar no fogão, mas antes de sair de Mar del Plata fui a uma lanchonete da qual ela adorava o hambúrguer e pedi ao gerente 12 embalagens de lanche, onde constasse o famoso logotipo. Expliquei que estava indo navegar e minha filha tinha dificuldade de se alimentar, mas, se colocasse a comida dentro da sacolinha de lanche, ela comeria feliz. O gerente riu muito e me deu as sacolinhas.

Isolados há mais de três dias, longe de qualquer vila ou cidade, estávamos em uma baía bem tranquila, sem ventos. Vilfredo saiu para caminhar com Kat até uma cachoeira. Fiquei a bordo e fiz hambúrguer com batatas fritas e coloquei tudo na sacolinha. Kat não acreditou quando viu seu almoço.

— Onde você comprou? Não tem nada por aqui!

— Enquanto você foi passear, um palhaço de roupas amarelas veio aqui de bote e trouxe especialmente para você!

Vilfredo piscou para mim e, felizes, vimos Kat comer todo o almoço.

Fomos fazer um acampamento entre dois glaciares. Partimos a cavalo num safári de aventura. E que aventura! Minha experiência com cavalos é mínima. E havia dois agravantes: 1. Eu estava com medo; e 2. Minha montaria não me obedecia. Kat, às gargalhadas, na garupa do cavalo com Vilfredo, gritava para a minha égua:

— Vamos, Monona! Anda, Monona!

E o bicho continuava empacado. Quando nos pusemos em marcha, em fila indiana, Monona seguiu os outros cavalos. Cavalgamos por duas horas. Passamos por dentro de riachos, por planícies, sentindo o cheiro do mato e da terra molhada, até chegarmos ao local do acampamento, já quase ao anoitecer. Escorreguei sela abaixo, feliz por colocar os pés no chão. Kat não queria descer da sua Índia; só se conformou quando o capitão a designou para ajudar a armar uma das barracas. A lua cheia era a única luz que iluminava nosso acampamento. As seis barracas estavam dispostas em semicírculo, com a fogueira no centro, onde cozinhamos o jantar. Ao redor, as montanhas nevadas das Torres del Payne e os glaciares do Campo de Gelo Sul, com sensação térmica de 7ºC. Encolhida dentro do saco de dormir, escutava Kat, que, dormindo, de vez em quando falava:

— Vamos, Índia! Corre!

A volta foi mais espetacular: descer o rio de caiaque! Após ouvir as instruções e regras de segurança, vestimos roupas apropriadas e os coletes salva-vidas e entramos nos barcos. Vilfredo, David e eu fomos num caiaque, e o nosso guia, Fernando, acostumado a andar de caiaque com seu filho de seis anos, levou Kat com ele. Por mais de uma hora curtimos a paisagem selvagem e intocada dos fiordes. Kat, bem-agasalhada e embalada pelo balanço do caiaque, acabou dormindo.

No Seno Pinguim, o mar congelou em volta do barco e desembarcamos para andar sobre o gelo perto do *Aysso*. Naquela noite assistimos a um alegre show de fantoches apresentado por Kat. David colaborou com um roteiro detalhado, trilha sonora e até iluminação. Era assim que a mantínhamos ocupada depois das aulas, desenvolvendo ideias e criatividade e nos divertindo. Tudo feito com tesoura, papel, cola. Que acabavam sendo novamente reciclados para outros trabalhos.

Kat se tornou ajudante de David e Luciano. Cada vez que limpavam o equipamento de filmagem e de fotografia, era ela quem, com suas pequenas mãos, cuidadosamente limpava as lentes e as câmeras.

Em Puerto Chacabuco fomos visitar nossos amigos José e Erika Gorronho, que eram nossos conhecidos desde 1990, quando passamos pela Polinésia Francesa. Eles tinham dois filhos, Natalie e Lucas, e velejavam a bordo do veleiro *Patagônia*, que também era o nome de sua fazenda, no Chile. As crianças se tornaram grandes amigas. Quando nos despedimos, prometemos um dia ir visitá-los. Promessas são feitas para serem cumpridas. E lá estávamos, oito anos depois, revendo nossos amigos! Não pareciam ter passado mais do que oito minutos. Descobrimos as verdadeiras amizades assim, quando não percebemos o tempo passar. Nossos filhos, crianças na Polinésia, agora eram adultos. No entanto, os dois casais tinham novos filhos e da mesma idade: Kat e Nicholas, que se tornaram amigos inseparáveis. Ficamos uma semana na fazenda, sempre com uma programação diferente. Eram cavalgadas, *trekkings*, pescarias e caminhadas. Cavalgamos por quase três horas entre vales, montanhas e pela beira do rio. Kat, na garupa de Natalie, estava muito contente: como gostava de cavalos! Aos poucos ia descobrindo um lado de Kat que eu não conhecia. No meio da cavalgada, Kat viu uma alpaca pela primeira vez.

— Mommy, já sei o que é uma alpaca: é um guanaco com pele de carneiro!

Um dia que sabíamos que iria chegar finalmente aconteceu, e foi muito triste. No Chile nos despedimos de Luciano, que desembarcou para regressar ao Brasil. Kat chorou muito. Inconsolável, repetia:

— Meu amigão vai embora...

Todos nos emocionamos na hora da despedida. À tarde, a família Gorronho veio nos visitar. Eles sonhavam em deixar a fazenda aos cuidados de alguém responsável, comprar um novo barco e sair pelos mares em nova aventura. Marcamos local e data para nosso próximo encontro: um dia, nos mares do mundo. Kat brincou bastante com Nicholas. No tempo que passamos na fazenda, ela dormia cansada de tantas emoções num dia só.

No mercado de artesanato encontramos lindas bonecas feitas a mão.

— Quero *adotar* estas três — pediu Kat, separando as mais bonitas.

Ela acabou ganhando uma e ficou muito feliz.

Nossa última ancoragem na América do Sul foi em Puerto Montt, Chile. Atracamos na Marina Del Sur para preparar o *Aysso* para a longa travessia do oceano Pacífico. Ficamos mais de um mês, entre reparos e manutenção e estocagem de alimentos. Como íamos ficar parados, procuramos uma escola para Kat. Na nossa primeira viagem de volta ao mundo (1984-94), os meninos estudaram por correspondência, seguindo um programa oficial da escola americana Calvert School. Sempre que parávamos em algum lugar por mais de três semanas, logo matriculávamos David e Wilhelm no colégio local. Além de contribuir para fazer novos amigos, era uma ótima maneira de conhecerem os costumes do país e aprenderem mais um idioma. A meu pedido, os professores faziam ainda uma avaliação do estágio em que andavam os estudos de cada um. Kat também estudava pelo mesmo método americano. Assim, conseguimos matriculá-la no jardim de infância Pilmaiquen. Kat seguia para o colégio no ônibus escolar. Do barco até lá eram 15 minutos. Ela ficava muito bonita no uniforme xadrez, rosa com branco, carregando a mochila com material didático. Para adaptar-se, no primeiro dia, ficou na sala de aula apenas por uma hora. Ela saiu-se tão bem que, já nos dias seguintes, permaneceu no jardim o período integral da tarde (das duas às seis horas). Kat adorou. Na sala dela havia dez meninos e três meninas; ela fez uma amiga, Camila. E compreendia e falava espanhol o suficiente para conseguir se fazer entender. Todos os dias voltava da escola feliz, cheia de novidades.

Quando o Brasil jogou contra o Chile na Copa do Mundo de 1998, estávamos — adivinhem! — no Chile! Kat e David vestiram a camisa oficial da seleção e formamos uma pequena e animada torcida. Um pouco escandalosa também. Na lanchonete da Marina del Sur, assistimos ao jogo até o primeiro gol do Brasil. Foi uma explosão de gritos, buzinas e pulos. Kat assustou-se. Não entendia nada — era sua primeira Copa do Mundo —, e começou a chorar. Eu a levei para dar uma volta. Os chilenos tapavam os ouvidos e comentavam:

— Puxa, e vocês são só cinco *brasileños*!

Continuamos torcendo, envolvidos no jogo. Kat foi pegando o espírito da coisa, tocando buzina e gritando conosco, e tornou-se uma grande torcedora de futebol.

Em julho, ainda estávamos em Puerto Montt quando Kat fez seis anos. Lá atrás, em Porto Belo, havíamos comemorado o terceiro aniversário dela achando que seria o último. Comemoramos mais um, mais outro e, agora, seu sexto aniversário, oito meses depois de termos saído do Brasil, enfrentado tempestades, ondas bravias e temperaturas antárticas. E aqui estava a menina "terminal", vivendo uma experiência que 99,9% dos adultos saudáveis deste mundo jamais terão a oportunidade, ou a coragem, de viver. Ah, se eu soubesse o e-mail do médico em São Paulo...

Fizemos uma festa-surpresa. Todos na marina guardaram segredo a respeito, num clima de conspiração. O chileno Jaime, tripulante de um veleiro ancorado ao nosso lado, era o mais animado. Preparamos os enfeites, brigadeiros e bolo. Duzentos e cinquenta balões, nas cores rosa e branco, que estavam escondidos numa sala no último andar da marina. Kat nem desconfiou. Estava toda animada para a visita que seus colegas de classe viriam fazer ao barco, à tarde. A marina providenciou 24 salva-vidas para as crianças e quatro funcionários para ajudar. Kat foi almoçar fora com Vilfredo. Sem ela a bordo, arrumamos a mesa e enfeitamos o barco com os balões amarrados no guarda-mancebo, da proa à popa!

Às 15 horas chegaram seus colegas — dez meninos e três meninas —, tia Mary e tia Doni, professoras da Kat, três mães e um pai; estes últimos com máquinas fotográficas e filmadora.

— Como vamos colocar toda essa gente na sala? — sussurrei para David.

Kat chegou linda, de vestido cor-de-rosa, e todos foram abraçá-la. As crianças colocaram os salva-vidas e, em fila indiana, desceram a rampa até o trapiche, onde estava o *Aysso*. Jaime, muito paciente, colocava um por um no barco. Conseguimos acomodar todas as 14 crianças ao redor da mesa. Os pais e professores se enfileiraram pela escada, na mesa de navegação e no corredor.

— Uma festa de aniversário para mim! É hoje que faço seis anos, que legal! — comemorava Kat, feliz, quase não conseguindo acreditar no que estava acontecendo.

Ninguém entendeu por que, quando ela soprou as velinhas, comecei a chorar. Eram lágrimas de felicidade ao vê-la tão linda, forte, sem ter ficado doente nem uma vez, mesmo nas condições climáticas tão adversas. Minha corajosa marinheira, aventureira e tão feliz. Lembrei-me de quando o médico americano me deu uma fórmula muito especial para Kat: QOL.

— Como assim? — quis saber.

— *Quality of Life*, qualidade de vida. Deixe que ela tenha uma vida cheia de coisas para fazer, que ela tenha sonhos e que seja amada por todos. Nunca coloque um ponto final na vida dela.

As mães e o pai visitaram o barco. Aproveitaram para me fazer perguntas sobre a vida a bordo, num espaço tão pequeno, com uma criança. Ensinei-lhes uma receita que vem dando certo conosco: amor, paciência e muito bom humor. Kat levou seus amigos para conhecerem sua cabine. Foram os 13 de uma vez e se acotovelaram em cima das camas para ver os presentes que Kat ia abrindo. Só escutávamos os risos, as palmas e os gritos de festa e alegria.

Em agosto de 1998, saímos de Puerto Montt iniciando a travessia do Pacífico. Com a saída de Luciano, precisávamos de um novo tripulante. Entrevistamos muitos candidatos, examinamos centenas de currículos, mas Kat já tinha seu escolhido, e seguimos viagem rumo à ilha de Robinson Crusoé com o recém-contratado marinheiro Jaime, o simpático e educado tripulante do barco vizinho, que permaneceria a bordo até a volta ao Brasil, dois anos mais tarde.

Eu não via a hora de chegar à ilha de Páscoa e ver os misteriosos moais. A rotina a bordo seguia imperturbável. Kat brincando, rindo; fazíamos roupas de bonecas enquanto David lia sobre cinema, Jaime cuidava do leme e Vilfredo da rota, na mesa de navegação. E eu me sentindo como uma astronauta: geograficamente tão isolada de qualquer lugar e, ao mesmo tempo, tão conectada com o mundo através da internet. Muito estranho.

Doze dias navegando, sem ver terra, era uma experiência nova para Kat, que achava que o oceano Pacífico era muito grande e balançava muito. Ela contava nos dedinhos quantos dias faltavam para chegar a algum lugar onde pudesse tomar picolé.

Chegamos à ilha de Páscoa. Acordei tarde-cedo. Eram nove da manhã no horário do Chile, mas sete horas no horário local. Viemos fazendo a mudança do fuso devagar, mas meu relógio biológico dizia que eu merecia pelo menos mais uma hora de sono. Não teve jeito, pois Kat puxou minha coberta e com um sorriso me disse:

— Bom dia, Sol! Vamos ver os coelhinhos da Páscoa?! Chegamos na terra deles!

Foi quando eu descobri que, para ela, a ilha de Páscoa era o lugar onde os coelhinhos moravam e fabricavam os ovinhos de chocolate. Por isso ela estava tão impaciente para chegar. Claro, a ilha não tem o nome de Páscoa? Saímos pela ilha e, por mais que procurasse, Kat não conseguia encontrar os coelhinhos, que continuavam no centro de suas preocupações.

— Onde será que eles poderiam estar? — perguntava ela, que não se conformava que na ilha de Páscoa não se achavam nem coelhos nem ovinhos.

Revirei os poucos mercadinhos da ilha em busca de algo parecido com ovos de Páscoa. Era agosto, não havia nada. Como explicar-lhe onde os bichinhos estavam? Saíram de férias?

— Ah, já sei. Eles foram para a Patagônia. Lembra que vimos muitos deles, lá? — falei com convicção.

— Pode ser, mas eu sei que eles deixaram os ovinhos para mim — respondeu ela com firmeza.

Prometemos que iríamos ajudá-la a procurá-los, já um pouco preocupados, pois não queríamos vê-la frustrada.

Dias depois de nossa chegada à ilha, recebemos uma encomenda de Miami, enviada pela minha sobrinha Fernanda. Eram algumas peças de reposição para o *Aysso*, que pedíramos por rádio ainda no mar. Ao abrir a caixa, quase chorei de emoção: no meio das peças, havia duas dúzias de ovos de páscoa de plástico, lindos, coloridos. Fernanda tinha lido no meu diário de bordo na internet sobre Kat e sua preocupação com os coelhos e os ovos, e decidiu fazer uma surpresa. Ela nem tinha ideia de quanto me fez feliz naquele momento. Fui ao pequeno supermercado da ilha e enchi os ovinhos com balas de chocolate. No dia seguinte, antes de amanhecer, Jaime saiu para construir ninhos de pedras num gramado bem na frente dos moais e escondeu os ovinhos. Quando Kat acordou, avisamos que, finalmente, tinha chegado o dia da "caça aos ovos". Ela pulou da cama toda animada, e, quando chegamos em frente aos moais, ela procurou em três lugares, e nada. Até que tirou uma pedra de um dos "ninhos", e seu sorriso iluminou-se. Enchendo os braços de ovinhos multicoloridos, ela ria e gritava:

— É aqui! Olha só, quantos ovinhos! E que lindos! Viu? Eu falei que os coelhinhos viviam na ilha de Páscoa!

Olhei para aquele rostinho tão feliz e ouvi quando ela disse baixinho:

— Obrigada, coelhinhos.

Continuando rumo à Polinésia, paramos na primeira ilha deserta, Henderson, e Vilfredo, Kat e eu ficamos na praia, construindo um castelo de areia, tomando cuidado com as centenas de caranguejos, bem zangados com a invasão de brasileiros no território deles. Kat, solenemente, declarou que aquele era o lugar em que ela gostaria de morar: sem carros, sem gente, sem lojas. Desde que saímos do Brasil, depois de dez meses no mar, era a primeira vez que íamos à praia! Acabamos caindo na água, furando ondas, felizes.

Já havia perdido um pouco da pureza, da inocência de me maravilhar com as coisas, e isso eu tinha vivido com os meninos enquanto navegamos. "Ah, olha que lindo as flores" ou "olha que lindo..." Então, voltei a ver através dos olhos dela as coisas de que eu acabei me esquecendo. Não existiam pessoas desconhecidas para ela, pois nos lugares ela as chamava e estendia a mão, cumprimentava-as e logo fazia amigos.

Fizemos a casinha, ou o ninho, de Kat debaixo da *doghouse*, onde ela — feliz — estudava, comia, brincava, jogava e tirava sua soneca, como se fosse normal o barco navegar assim inclinado. Ela estava sendo alfabetizada, mas não havia um horário rígido. Educar, para mim, sempre foi sinônimo de aprender se divertindo. Assim foi com os meninos enquanto estavam a bordo e fiz o mesmo com ela. Ela desenhava, pintava, cantava, criava enredos de teatrinho, fazia fantoches e adorava se fantasiar com qualquer roupa ou pedaços de pano. Ela colocava as bonequinhas todas enfileiradas e brincava. Se o barco balançava muito, ela ia procurar outra coisa, era muito criativa. Ela tinha um gravadorzinho e ficava "bibibibibibi", escutava o que ela mesma falava e inventava histórias malucas! Nós brincávamos o tempo todo. Todos davam atenção a ela, uma criança no meio dos adultos, não tinha como resistir à sua meiguice. Nosso dia a dia a bordo era como um jardim de infância no meio do mar.

Cultivamos uma horta de brotos. Kat, com muita responsabilidade, administrava as trocas de água e sentia-se muito orgulhosa com as ervas frescas que servíamos a bordo nas longas travessias.

Mesmo com o mar calmo não podíamos nos arriscar a nadar no meio de um oceano que podia estar infestado por tubarões. Nesses dias, colocávamos uma banheirinha no chão do cockpit e enchíamos com água do mar. Era uma diversão para ela.

Chegar à Polinésia Francesa foi outro daqueles sublimes momentos que acontecem depois de longas travessias. Caminhávamos devagar, sentindo o cheiro das flores de Tiare. Gente bonita, sorridente, nos saudava na rua:

— *Iorana! Maeva!*

O cheirinho gostoso da *boulangerie* perfumava o ar.

— Finalmente vamos comer uma baguete — anunciei à Kat.

Ela provou um pedaço, quentinho e crocante.

— Tem gosto de pão — falou.

Me dei conta, então, de que vivíamos falando em baguete, mas tínhamos nos esquecido de explicar que era um tipo de pão.

Ao visitarmos uma fazenda de pérolas negras na ilha Mangareva, o pescador retirou delicadamente a pérola de uma ostra e, com muita ternura, depositou-a na mãozinha estendida de Kat, cujos olhos brilharam ao ver essa magia do *nascimento* da pérola negra.

— Para uma princesa que tem os olhos cor de pérola.

Ele ganhou um estalado beijo de muito obrigada.

Tínhamos passado uma longa temporada na Polinésia, nove anos antes. Foi um lugar onde deixamos bons amigos. Como a polinésia Nita e o brasileiro Sérgio. Os laços de nossa amizade resistiram ao tempo e à distância. Sempre nos correspondemos. Chegamos à casa deles, em Moorea, e os chamamos. Nita apareceu e, no primeiro momento, não nos reconheceu. Depois, não cabia em si de contente e, emocionada, não sabia quem abraçava primeiro. Depois, encantou-se com Kat. Sentados na gostosa varanda de sua casa, a tarde foi curta para colocar em dia nossas vidas. Nita providenciou música, um pequeno pareô para Kat e enfeitou seus cabelos louros com flores, ensinando-lhe os suaves e delicados gestos de mãos e pés da dança de sua *fenua*, de sua terra.

Fizemos uma surpresa para Kat em Moorea. Fomos nadar com um golfinho, seu animal preferido. Entramos na lagoa, com água pela cintura, e coloquei a mão debaixo do pescoço áspero de Kuoka, o golfinho. Ele levantou o bico para que eu o beijasse. Kat o acariciou e, em troca, recebeu um beijo. Foi difícil tirá-la de lá, mais difícil ainda foi fazê-la dormir naquela noite. Com a excitação e a emoção da experiência, ela não parava de falar. Pobre Jaime, teve que escutar o relato várias vezes.

Fomos visitar Tetiaroa, a ilha dos pássaros, que estão por todos os lados, com seus filhotes de plumagem macia, parecendo pintinhos de pelúcia. Vendo Kat correr atrás das gaivotas, com seus cabelos louros voando ao vento, lembrei-me de uma cena idêntica, passada há nove anos. Mas era de Wilhelm a cabecinha loura perseguindo os pássaros, deixando na areia branca as marcas dos pezinhos. As dele eram pegadas firmes e uniformes. As de Kat, visivelmente desencontradas. Balancei a cabeça com força, um gesto que estava repetindo com muita frequência toda vez que meus pensamentos saíam daquele presente de felicidade e tentavam aterrissar num futuro sombrio.

Enquanto atravessávamos os oceanos, Kat adorava ficar à noite vendo o mar, sentadinha ao meu lado. Uma noite, no meu turno, estávamos sozinhas no cockpit observando um cardume de lulas que, ao passar, formava uma esteira de plânctons que fazia a água cintilar numa noite sem lua. E, de repente, lá de baixo, surgiu um golfinho. Ao alcançar a superfície, ele deslocou os plânctons à sua volta formando um círculo iluminado. Nos meus 12 anos no mar, jamais tinha presenciado uma coisa tão linda. Kat e eu nos abraçamos e, naquele momento mágico, agradeci a Deus por tudo de bom que ele tinha colocado na rota de minha vida.

A interrupção da viagem por duas semanas nos colocou na esteira da primeira depressão tropical, navegando da Polinésia para a Micronésia. Com Wilhelm a bordo para passar o Natal conosco, saímos em dezembro de 1998, e uma forte tempestade nos pegou

JEANNE, GRÁVIDA DE KAT, COMIGO E VILFREDO EM SUA CASA, NA NOVA ZELÂNDIA

JEANNE, NO OITAVO MÊS DE GRAVIDEZ, COM O GATO MAX

1992 – O
MUNDO PODE
SER PERFEITO

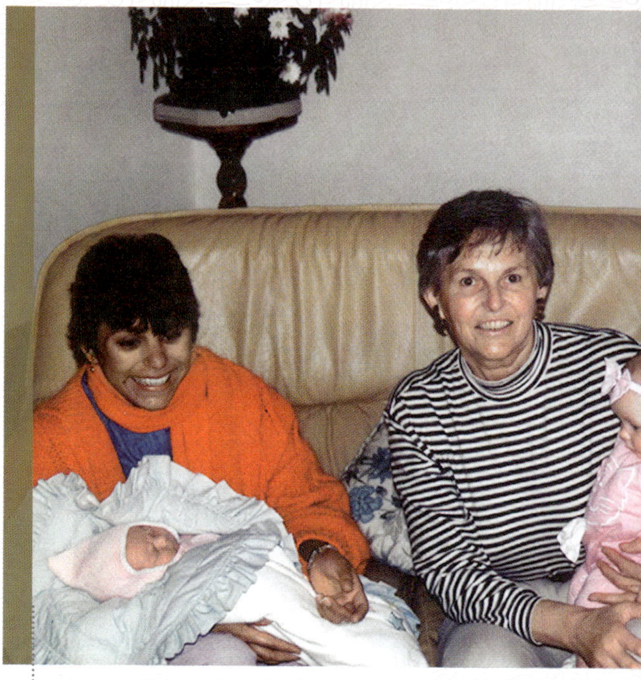

JEANNE COM KAT RECÉM-NASCIDA
E A SOGRA, BÁRBARA, COM BEBÊ

1992 – ROBERT COM SUA PEQUENA MARINHEIRA A BORDO DO VELEIRO JEANNE

JEANNE E KAT, NA ÉPOCA COM UM ANO

1993 – A MADRINHA, CIDA, COM JEANNE E ROBERT NO BATIZADO DE KAT

1995 – REENCONTRO DA FAMÍLIA SCHURMANN COM ROBERT E KAT NO IATE CLUBE DO RIO DE JANEIRO

1995 – A NOVA PEQUENA MARINHEIRA KAT SCHURMANN

1995 - MUITA EMOÇÃO DE ROBERT NO ANIVERSÁRIO DE TRÊS ANOS DE KAT, EM SANTA CATARINA

1995 – BEM-VINDA A BORDO, KAT

CARINHO DE FILHA
PARA DADDY

O NATAL SE TORNOU UMA DATA MUITO ESPECIAL

1997 – DADDY E KAT

1997 – UM MOMENTO MUITO ESPECIAL NO MEIO DO MAR, PREPARANDO A ÁRVORE DE NATAL

1997 – FAMÍLIA SCHURMANN: AGORA SOMOS SEIS A BORDO

1998 – AVENTURAS DE KAT CONOSCO NA PATAGÔNIA

1998 – EU E KAT CURTINDO A NAVEGADA NO ESTREITO DE MAGALHÃES, NO CHILE

KAT NOS CONTAGIAVA COM SEU ENTUSIASMO E SUA ALEGRIA. (PATAGÔNIA, CHILE)

1998 – DEPOIS DE SUBIR UMA MONTANHA DE 600 METROS NA PATAGÔNIA CHILENA, KAT FICOU CURIOSA COM A CÂMERA DE DAVID

UMA FESTA DE ANIVERSÁRIO PARA KAT COM SEUS COLEGAS DO JARDIM DE INFÂNCIA. (CHILE)

1998 – COM INCENTIVO DE DAVID, KAT SE TORNOU UMA BOA TORCEDORA DE FUTEBOL NA COPA DO MUNDO. (CHILE)

A BORDO DO VELEIRO, KAT ENCONTROU SEU CANTINHO FAVORITO

KAT FEZ AMIZADE COM NATIVA RAPANUI. (ILHA DE PÁSCOA)

LUCIANO E KAT SE DIVERTEM EM UMA NAVEGADA COM VENTOS FORTES NOS CANAIS DO CHILE

"EU FALEI QUE OS COELHINHOS VIVIAM NA ILHA DE PÁSCOA!"

1998 - NITA ENSINA OS MISTÉRIOS
DA DANÇA POLINÉSIA PARA KAT

1998 – O BARCO VIROU SUA CASINHA DE BONECAS

1999 - ATRAVESSANDO OCEANOS, KAT ADORAVA FICAR EM SUA "VARANDA"

1999 – LIÇÕES DIDÁTICAS E DE VIDA QUE APRENDEMOS JUNTAS

1999 – CONHECENDO AS CULTURAS E OS COSTUMES DE DIFERENTES POVOS. (INDONÉSIA)

1999 – O MONGE SASAHNA BOHDI EXPLICOU O SIMBOLISMO DO BUDISMO E FALOU SOBRE A VIDA DE BUDA. (BOROBUDUR, INDONÉSIA)

1999 – A CORAJOSA MARINHEIRA ENFRENTAVA COM UM SORRISO O MAR BRAVIO. (OCEANO ÍNDICO)

1999 – DURANTE AS LONGAS TRAVESSIAS, KAT CUIDAVA COM MUITA RESPONSABILIDADE DA HORTA DE BROTOS

2000 – TENHO ORGULHO DE SER MÃE DE WILHELM, PIERRE, DAVID E KAT

NO CABO DA BOA ESPERANÇA (ÁFRICA DO SUL), KAT QUERIA SABER ONDE FICAVA O BRASIL

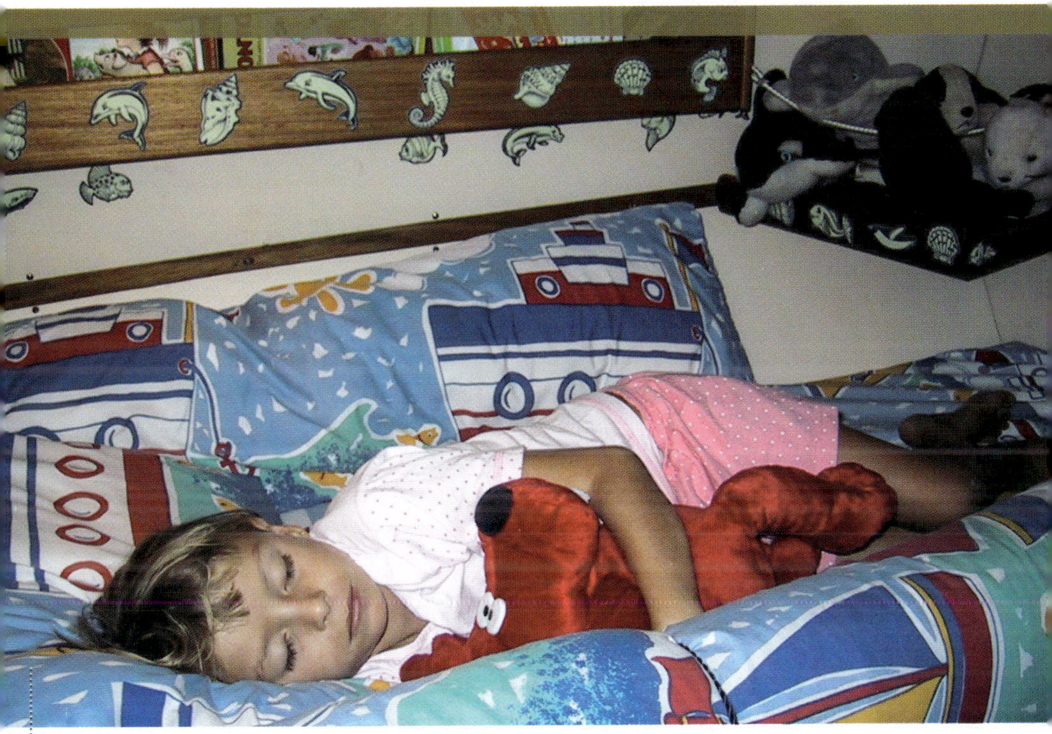

2000 – EM DOIS ANOS E MEIO NO MAR, NO ACONCHEGO DE SUA CAMA, KAT SONHAVA COM FADAS, SEREIAS, PIRATAS, GOLFINHOS E ANJOS

UMA AMIZADE SEM IDADES:
VOVÔ EDDIE E KAT

2000 – O LUGAR FAVORITO DE KAT
E DAS AMIGAS EM ILHABELA

2001 - PALHAÇOS, MÁGICO E MUITA DIVERSÃO
NO ANIVERSÁRIO DE NOVE ANOS

2001 – SEUS SOBRINHOS SEBASTIAN E EMMANUEL SE RECUSAVAM A CHAMAR KAT DE TIA. (ILHABELA)

2001 - REENCONTRO COM OS AVÓS, ISIS E JOSÉ, EM MANAUS

O SONHADO PRESENTE DE NATAL DE KAT FOI O LABRADOR APOLO. (ILHABELA)

O SONHO DE ABRAÇAR UM COALA DE VERDADE. (AUSTRÁLIA)

2001 – DEPOIS DE SEIS ANOS, O PRIMEIRO ENCONTRO COM O PAPAI. (AUSTRÁLIA)

COMO A MÃE, KAT ADORAVA DANÇAR

2003 – COLEGAS DE CLASSE DE KAT NA PEÇA *AS MIL E UMA NOITES*. (ILHABELA)

2003 – FÉRIAS DE JULHO NAVEGANDO COM AS AMIGAS DA ESCOLA. (ANGRA DOS REIS)

AVÓ NANA E KAT JUNTAS NO COMANDO DO VELEIRO AYSSO. (UBATUBA)

2004 – TIA E SOBRINHO EXPLORAM O FAROL DE ABROLHOS. (BAHIA)

2004 – AVENTUREIRA, KAT ACOMPANHAVA DADDY E OS IRMÃOS PIERRE E WILHELM NO TREKKING NAS MONTANHAS. (SANTA CATARINA)

2004 – OS IRMÃOS DAVID, WILHELM E KAT UNIDOS PELO AMOR AO MAR. (FERNANDO DE NORONHA)

A DESCOBERTA DE UM MUNDO NOVO DEBAIXO D'ÁGUA EM SEU PRIMEIRO MERGULHO. (FERNANDO DE NORONHA)

2004 – ESCOLA A DISTÂNCIA NO PARAÍSO DE FERNANDO DE NORONHA

UMA ATENTA KAT APRENDE COM DAVID A FAZER NAVEGAÇÃO ELETRÔNICA

O PERFEITO MUNDO COR-DE-ROSA DE KAT

2004 – PIERRE DÁ DE PRESENTE UM DIÁRIO PARA KAT

PIERRE, EU, WILHELM, VILFREDO, DAVID E KAT

2005 – "MINHA TIA PARECE COM MINHA MAMÃE E EU GOSTO MUITO DELA"

2005 – TREZE ANOS DE MUITAS AVENTURAS

2005 – KAT E SEU IRMÃO WILHELM

2005 – KAT COM LUANA,
SUA MELHOR AMIGA

2005 – FESTA DE ANIVERSÁRIO DO VOVÔ EDDIE

2005 – KAT NAVEGOU ENTRE A FRANÇA E A INGLATERRA NO NAVIO-ESCOLA DA MARINHA, O *CISNE BRANCO*

2006 – UMA PEQUENA GRANDE MARINHEIRA

2005 - KAT E LUANA VÃO ATRÁS DE UM TUBARÃO. (UBATUBA)

2005 – KAT, CAMILA E APOLO

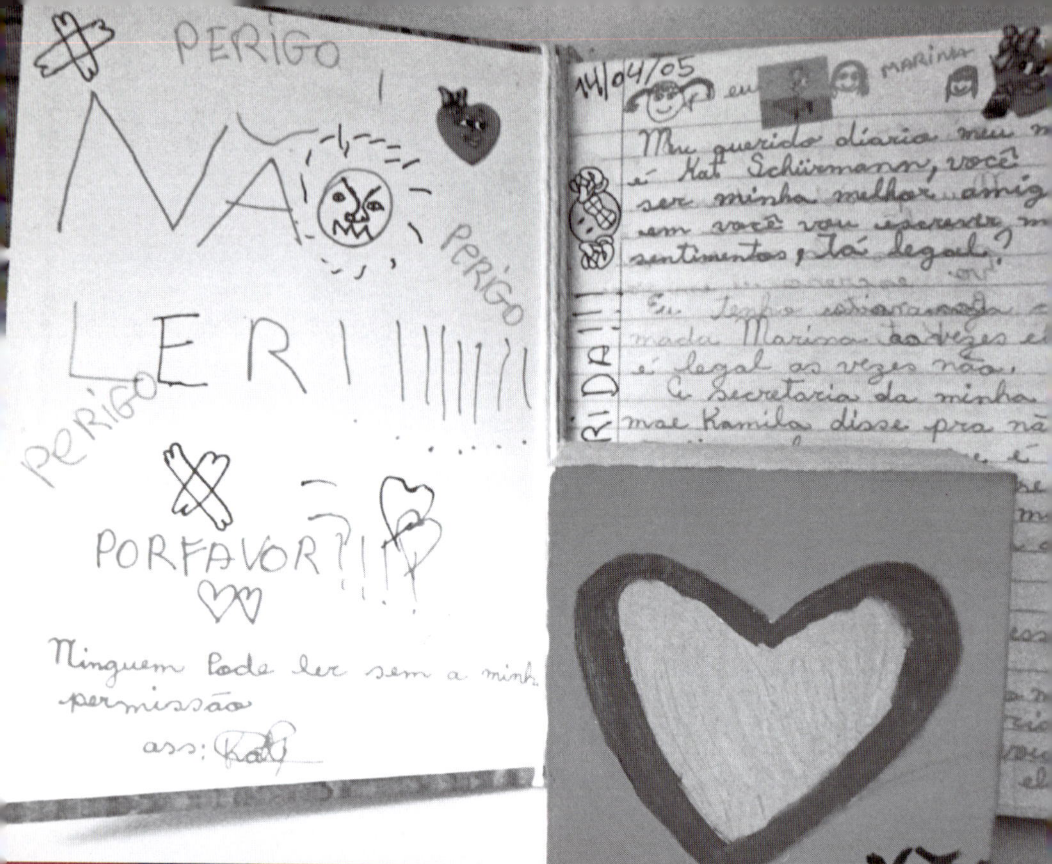

"MOMMY, DEIXEI MEU CORAÇÃO PARA VOCÊ NUNCA SE ESQUECER DE MIM".

PEQUENO SEGREDO

EM CENA, JÚLIA LEMMERTZ NO PAPEL DE HELOISA SHURMANN NO HOSPITAL COM KAT, INTERPRETADA PELA JOVEM ATRIZ MARIANA GOULART

MARIA FLOR E MARIANA GOULART NO FUNDO DO MAR EM UMA DAS VÁRIAS LINDAS CENAS DO FILME.

ROBERT (ERROLL SHAND) SOFRENDO AS CONSEQUÊNCIAS DA DOENÇA AO LADO DA MÃE (FIONNULA FLANAGAN)

PEQUENO SEGREDO

MARIANA GOULART, NA PELE DE KAT, VIAJANDO O MUNDO A BORDO DE UM VELEIRO AO LADO DE MOMMY (JÚLIA LEMMERTZ).

CENA DO ENCONTRO DO CASAL SCHURMANN (JÚLIA LEMMERTZ COMO HELOISA, E MARCELLO ANTONY COMO VILFREDO) COM BARBARA (FIONNULA FLANAGAN), MÃE DE ROBERT (ERROLL SHAND). O CASAMENTO COM JEANNE (MARIA FLOR) NUNCA FOI BEM ACEITO PELA SOGRA.

no meio do oceano. Não tínhamos onde nos proteger. Fortes ondas levantavam o barco de lado e era difícil caminhar. Tínhamos que ter cuidado redobrado e a ajuda das duas mãos. O jeito era permanecer no beliche. Era nesses momentos que eu admirava como Kat era boa marinheira. É bem verdade que ela enjoou algumas vezes, mas não reclamou nunca. E enfrentou tudo com bravura, ouvindo as histórias que eu inventava. Como, por exemplo, a lenda das ondas.

— Quando o rei Netuno fica bravo, as ondas se juntam e saem correndo pelos mares, fugindo de sua fúria. Elas sobem umas nas outras, aumentando de tamanho, e vão batendo contra tudo que encontram no caminho, barcos, rochedos e ilhas, até chegarem a uma praia, onde se arremessam com força, diminuindo assim o mau humor do rei. Tudo o que acontece na natureza, com as plantas e com os animais, e até com os homens, tem uma explicação, uma finalidade.

— Até minhas pernas?

Pela primeira vez estávamos passando o Natal navegando no meio do mar. No dia 24, à noite, ganhamos um presente de Netuno: o vento rondou, o mar acalmou um pouco e passou a tempestade. Ainda bem que não medimos nosso tempo pelo relógio e podíamos mudar as datas do calendário da vida. A noite de Natal ficou parada no espaço e no tempo até sairmos da tempestade. Chegamos a Kiribati e comemoramos nosso Natal no dia 26, pois o pobre do Papai Noel não conseguiu encontrar o *Aysso* do jeito que ele balançava para lá e para cá na tempestade. Foi mais um Feliz Natal, só faltou Pierre, que estava no Brasil. Agradecemos a Deus pelo maior presente de todos: estarmos sãos, salvos e com saúde, ancorados em um porto seguro.

Estávamos atravessando o equador, e aproveitamos para fazer a cerimônia de batismo. Esta é uma velha tradição dos oceanos. Acontece quando novos marinheiros cruzam a linha do equador pela primeira vez a bordo de um barco. Jaime estava morrendo de medo; segundo as leis do mar, a ordem é raspar a cabeça dos novatos. Wilhelm fez o papel de carrasco e ajudou Vilfredo, que se transformou em Netuno, rei dos mares. Todos, até Kat, se sujeitaram a um ataque de farinha, óleo e pó de café! Uma bagunça divertida. A cerimônia terminou com os tripulantes batizados jogando-se nas águas mornas do oceano Pacífico. A pedido de Kat, Jaime teve os cabelos poupados.

Quando aportamos, para tristeza de Kat, Wilhelm desembarcou para voltar ao Havaí e correr em um campeonato.

Em cada vila ou cidade que atracamos, visitamos as escolas ou encontramos grupos de crianças. As professoras queriam saber como funcionava a educação a distância, as crianças conversavam com Kat, brincavam, cantavam cantigas de roda e melodias em seus diferentes idiomas. Em Guam, visitamos o Departamento de Agricultura, onde me deram um morcego para segurar. Que horror! Uma sensação estranha a de ter nas mãos aquele animal. Surpreendeu-me por ser limpo e sem odor. Era uma fêmea: Kita. Fui me acostumando com ela. Muito mansinha, subiu para os meus ombros e depois para a minha cabeça, onde se aninhou em meus cabelos. Kat estava fascinada, fazia carinho nela e não parava de pedir:

— Vamos levar um para o barco!

Só faltava um morcego para virarmos a Família Adams.

Desde o ano-novo, Kat estava sem apetite e notei que estava perdendo peso. Em Guam, território americano, levei-a a uma clínica, e os exames me deixaram bem preocupada. Passei todos os resultados para a dra. Gwendolyn, em Miami, e ela nos pediu que fôssemos lá, pois haviam descoberto exames mais precisos, e novos medicamentos estavam disponíveis.

E lá fomos nós embora de Guam. Nosso roteiro: Havaí, Los Angeles, Dallas e Miami. Vinte horas de viagem, e Kat, uma animada viajante de mar e céu, sem fome até para comer batatas fritas! Minha mãe e meu padrasto, Eddie, ficaram felizes com a inesperada visita. Examinaram Kat da cabeça aos pés no Jackson Memorial Hospital. Ela começou a tomar os novos medicamentos, somente duas pílulas, duas vezes ao dia. Não sofreu nenhum enjoo ou cólicas dessa vez. No fim de uma semana o apetite dela retornou e ela comeu dez duplas de sashimi. Ah, que bom vê-la assim com palitinhos japoneses saboreando a comida! Hora de refazer a viagem, e finalmente retornar ao *Aysso* e ao mar, que nós duas já estávamos com saudade.

De Guam velejamos para uma ilha remota e isolada, Mog-Mog. Kat foi *raptada* pelas meninas da vila e ficou em meio às crianças, rindo e brincando. Nessa vila as mulheres e os homens se vestem com uma canga e não usam camisa ou sutiã.

Ao ver tantas mulheres de seios nus, Kat, sempre atenta, cochichou:

— Mommy, não tem loja de sutiã nessa ilha?

Lei, a filha do chefe John, de seis anos, fez amizade com Kat. Passaram a tarde brincando juntas, sem dificuldade maior de comunicação. E assim seguíamos nossa viagem, Kat participando de todas as aventuras, curtindo igualmente nadar e mergulhar em atóis e ilhas desabitadas e o tráfego caótico das cidades filipinas. Em Cebu, ela adorou andar no transporte local: o triciclo.

— Mommy, nunca andei num carro-motocicleta. — Ria, apontando para tudo no caminho, ao mesmo tempo que espichava o pescoço para não perder nada do que acontecia na rua.

Nosso cronograma da expedição já havia sofrido duas semanas de atraso, mas ver Kat tão bem compensava qualquer coisa.

Saindo das Filipinas, navegando no mar da China, redobramos os cuidados na região de piratas. Kat falava sobre os piratas, achando que eram como o Capitão Gancho das histórias de Peter Pan. Mas esta Terra de Piratas é real; a ameaça é séria e muito preocupante. Não deixávamos que ela percebesse nossos receios, as desviadas de rota a cada alerta do Centro de Controle de Piratas, em Kuala Lumpur. Numa noite, ancorados numa enseada de uma ilha deserta, entramos em alerta máximo quando uma tosca embarcação com 12 homens, camisetas enroladas na cabeça, pararam perto do *Aysso*. Ficamos observando os movimentos e, quando colocaram um bote na água, silenciosamente levantamos as âncoras, enfunamos as velas e batemos em retirada. Eu estava a um minuto de acionar o plano radical a ser adotado em caso de ataque de piratas: acordar e vestir Kat e ficar escondida com ela, caso algo acontecesse com o resto da tripulação.

Depois desse susto, fomos para a opulência do Sultanato de Brunei. Boquiaberta, olhando e apontando para as grandiosas abóbadas e cúpulas das mesquitas e dos palácios revestidas em ouro 24 quilates, Kat se convenceu de que iria encontrar Aladim na esquina seguinte. E procurava pelos céus um tapete voador.

Em 8 de julho de 1999, dia do sétimo aniversário da Kat, já estávamos em Jacarta, Indonésia. Só as mães que, como eu, podem ver a espada de Dâmocles sobre a cabeça de seu filho sabem o que significa uma festa de aniversário. Mais do que contratar palhaços, enrolar brigadeiros, encher balões e imprimir convites, cada aniversário é uma vitória, significando mais um ano conquistado. E cada vez que essas crianças apagam as velinhas e fazem um desejo de ganhar uma bicicleta, de ir à Disney ou de beijar o amiguinho da escola, nós fazemos um único pedido: que ela possa comemorar mais um aniversário.

— Mommy, conta a história do dia que eu virei sua filha.

— Era uma vez uma família muito feliz que vivia no planeta Terra. Era a família Schurmann: o daddy, a mommy e seus três filhos. Enquanto isso, lá em cima, muito mais alto do que as nuvens, moravam os anjinhos. Ficavam o tempo todo brincando, voando para lá e para cá, divertindo-se muito. Cada um podia escolher a cor preferida para suas roupinhas, e assim havia anjos azul-bebê, amarelinho, verde-água e cor-de-rosa. As asas e o halo da cabeça eram sempre brancos, mas tinha uma anjinha que gostava tanto de rosa que pintou também as asas e o halo. Tudo cor-de-rosa.

"E ela vivia sonhando. Ficava horas espiando entre as nuvens e pedia a Deus se podia ir lá embaixo, na Terra, para brincar com crianças de verdade. 'Não, não pode', Deus respondia, gentilmente, mas o Anjinho Cor-de-Rosa continuava sonhando...

"Chegou o dia do aniversário de Deus. Todos estavam ocupados com os preparativos para a grande festa. Os anjos lavavam e poliam as estrelas, arrumavam as nuvens para elas ficarem bem fofinhas e enchiam muitos balões para decorar o céu.

"O Anjinho Cor-de-Rosa se ofereceu para encher os balões, mas ela só enchia os balões rosa e, em vez de colocá-los na pilha junto com os outros, ela os escondia embaixo de sua nuvem cor-de-rosa. Os outros anjos não entendiam e perguntaram o que ela estava fazendo. 'Nada, estou preparando uma surpresa', respondeu ela com seu sorriso inocente.

"A festa começou e estava muito animada. Todos os convidados se reuniram em volta da mesa para cantar 'Parabéns para você'. O Anjinho Cor-de-Rosa olhou para os lados e viu que ninguém estava prestando atenção nela. Então, saiu de fininho, pegou seus balões escondidos e... pulou para a Terra.

"A primeira coisa que ela perdeu foi o halo. Depois, com a velocidade da descida, as penas das asinhas começaram a cair, levadas pelo vento, mas ela segurava os balões com firmeza e, à medida que se aproximava da Terra, ia descendo suavemente.

"Estávamos no deque do *Aysso* tomando café da manhã quando olhamos para cima e vimos esta coisinha cor-de-rosa vindo em nossa direção. 'Olhem! É um anjo!', gritou Wilhelm. 'Não, é uma menininha!', exclamamos todos juntos. Abrimos os braços e você aterrissou sã e salva neles. E, naquele dia, abrimos também nossos corações para você se tornar nossa filha querida e a irmãzinha tão amada pelos seus irmãos."

No dia seguinte ao aniversário, fomos visitar Borobudur, um templo budista do século IX. Na névoa tênue da manhã, parecia que estávamos envolvidos em um casulo branco onde mal podíamos definir o templo cinza à nossa frente. Um vulto em brilhante cor laranja contrastava com esse quadro preto e branco. Sentado, de pernas cruzadas, vimos um monge meditando. Caminhamos devagar, sussurrando, para não perturbá-lo, e subimos as escadas. Cinco minutos depois ele se aproximou, sorrindo. Nossas perguntas eram muitas e Sasahna Bohdi, de cabeça raspada e vestido com uma despojada túnica, nos explicou, com paciência e muitos gestos, o simbolismo do budismo e como harmonizar e mudar a própria vida.

Ele se inclinou, quase sussurrando, e disse alguma coisa para Kat. Ela acenou a cabeça e o seguiu. Ele contou para ela detalhes sobre a vida de Buda e mostrou os diversos painéis gravados em pedras na base do templo. Acompanhando Kat, senti uma força e fé espiritual ao ver minha filha ao lado daquele homem de fala mansa que emanava uma sensação incrível de paz. Na base do templo, juntamos as mãos, curvamos a cabeça e nos despedimos do monge.

Kat, sempre tão tagarela, passou o resto do dia muito pensativa.

À noite, antes de rezar, ela me perguntou:

— Mommy, Deus tem muitos nomes e muitas casas. Qual deles nos protege? Eu gosto de todos eles.

Eu nada respondi, mas quis acrescentar que Ele estava também nos hospitais em que ela tinha sido atendida durante aquela viagem. Do Chile até pequenas ilhas do oceano Pacífico, encontrei equipes médicas maravilhosas. Eles atendiam Kat, faziam os exames e, na maioria das vezes, não me cobravam nada. Ela tomava a globulina em um quarto do isolamento em um hospital ou clínica para não correr o risco de pegar uma doença. O medicamento era trocado ou mantido, dependendo do resultado dos exames e seguindo a orientação da sua médica em Miami.

Durante os três anos da viagem, Kat mudou de remédios quando criava resistência, e seus exames apresentavam alguma alteração. Por isso, o controle rígido dos exames era cumprido a cada seis semanas. Em alguns lugares, como no Taiti, ela enjoou bastante na troca de medicamentos. Vilfredo alterou nosso plano de viagem para ficarmos mais tempo no local, até ela se adaptar a outro remédio. O tratamento se tornava complicado porque, quando ela enjoava, vomitava as pílulas. Eu não podia dar novamente na mesma hora. Tinha que esperar a próxima vez. Quando Kat estava bem, retomávamos a viagem.

Kat precisava fazer os exames de rotina em Jacarta. A embaixada do Brasil na Indonésia, o melhor apoio que recebemos de uma representação brasileira durante nossa circum-navegação, nos recomendou uma clínica particular.

Chegamos à clínica cedinho, Kat em jejum. Dirigi-me à recepcionista.

— A consulta e o exame da criança foram cancelados. Já ligamos para a embaixada a fim de avisar que não aceitamos gente aidética aqui. Procure um hospital público.

Fiquei furiosa e verbalizei toda a minha indignação. Dois médicos e o administrador da clínica apareceram. E escutaram tudo o que eu tinha a dizer. Eu não podia acreditar em tamanha discriminação.

Procurei outro médico por meio do site da associação de HIV/aids da Indonésia. Nada. Acabei encontrando um médico pediatra. Marquei hora, ele me atendeu e se espantou:

— Como você me descobriu?

— Tenho esse dom de encontrar sempre alguém para ajudar minha filha — respondi.

Ele riu.

— Neste país, 80% da população é muçulmana, e, "oficialmente", existem pouquíssimas pessoas contaminadas pelo vírus HIV. Aids é assunto de que não se fala, e a discriminação é muito grande, mas o número de doentes infectados cresce muito e os diagnosticados não buscam tratamento.

Kat foi atendida com muito carinho e eficiência por esse médico indonésio. Fiquei duplamente feliz, pois os exames de Kat mostraram ótimos resultados.

Seguimos com o *Aysso* para o Sul. Uma rajada mais forte adernou o barco além do normal. O vento apertou, a navegada começou a ficar diferente, o barco seguia deitado num ângulo de quase 45°. Os livros e brinquedos de Kat — que eu me esquecera de prender — foram jogados no chão.

— Entramos nas águas do Índico, terceiro oceano nesta nossa viagem! — anuncia Vilfredo.

— É? Pois para mim parece o mesmo — diz Kat, olhando para a água ao seu redor.

Depois de quase cinco dias de navegação, chegamos às ilhas Cocos Keeling. Com tristeza, descobri que, por culpa dos piratas, é cada vez mais difícil encontrar famílias que navegam com crianças. Éramos trinta pessoas, 12 veleiros com casais. Kat era a única criança. E, lógico, virou a queridinha dos marinheiros dos outros barcos, que traziam bolinhos, panquecas e outros presentes para ela.

Há mais de um ano e meio no mar, a alimentação dela tinha mudado muito. Antes eu me preocupava muito com o que ela comia. Agora era uma dieta variada, à base de peixes, frutas e legumes. Ela aprendeu a comer de tudo. Mas sashimi era o seu prato preferido.

Kat e eu aproveitávamos a água transparente e tépida, as praias de ilustração de folheto de propaganda turística. Vilfredo, David e a tripulação passavam a maior parte do tempo mergulhando e filmando as cenas que iriam ser mostradas no *Fantástico*.

Naquele paraíso, eu observava Kat, como uma sereia, tão à vontade em seu macacão de neoprene, sua máscara e nadadeiras, aprendendo a mergulhar. Eram momentos de felicidade sempre que ela levantava a cabeça para fora da água e gritava, contente:

— Uma estrela-do-mar! Um peixe listrado! Um polvo!

E foi com uma imensa vontade de ficar que deixamos Cocos Keelings e voltamos ao mar para mais uma longa travessia de 15 dias, seguindo para Madagascar. Sem ver terra, sem ter para onde ir durante aqueles dias, Kat continuava com aulas, brincadeiras, exercícios e refeições — divididos entre mim e Vilfredo. Os demais membros da tripulação brincavam e cuidavam dela sempre que podiam.

Uma das atividades que adaptamos para ser feita no *Aysso* foi a fisioterapia. Kat usava uma órtese para firmar as pernas, mas ainda assim precisava de exercícios diários. Vilfredo instalou uma roldana no teto, e ela tinha que levantar um peso, uma perna de cada vez. Outro exercício que ela gostava de fazer era subir e descer a escada, independentemente do balanço do barco. Ela nunca caiu. Caminhar nas praias, nadar e pular eram outras formas naturais de fisioterapia para fortalecer as perninhas dela.

No final de mais um dia navegando, o pôr do sol era fundamental! Sentávamo-nos ali, no fim da tarde, curtindo o ritual. Era um momento mágico. As águas mudam de tom, perdendo o brilho pouco a pouco; o céu substitui a paleta de cores que usa para pintar o fim do dia pela que tem as cores da noite. O silêncio, a sensação de liberdade e o balé do sol, descendo devagar no horizonte, tornam cada entardecer diferente do anterior.

— Não se esquece de acordar amanhã — Kat se despedia do Sol.

Desde pequena, as constelações me fascinam, e eu ficava imaginando quantos marinheiros, pastores e viajantes se orientavam e continuam se orientando pelas estrelas. Ensinei aos meus filhos e à Kat, ao mesmo tempo que aprendia, um pouco sobre astronomia e as lendas, fábulas e tradições das constelações e dos planetas. Pierre, David, Wilhelm e Kat conheciam a maioria das constelações dos dois hemisférios. Observar as estrelas e os planetas no meio do mar é maravilhoso. O céu se transforma quando os últimos raios de sol deixam seu rastro; a escuridão aos poucos vai chegando e a primeira estrela solitária pisca para nós. Em seguida, mais estrelas povoam o céu, que na escuridão total parece estar cheio de glitter. Elas são uma espécie de bússola e relógio, nos quais podemos "ler" nossa posição. E nas noites quando as estrelas e planetas surgiam lá em cima, junto com meus filhos e filha, olhávamos atentamente para o céu e conversávamos baixinho num mundo de descobertas. No cockpit, sentávamos as duas com o livro no colo e procurávamos as estrelas para compará-las com as ilustrações. Kat conhecia as constelações e adorava ver uma estrela cadente. Uma noite vimos pelo menos umas oito delas cruzando os céus, lindas; uma clareou o barco como se fosse de dia. Nessas horas me dava vontade que os relógios parassem, que o tempo congelasse e que o mundo não mais girasse.

Enfim chegamos a Madagascar. Kat só falava nos sorvetes que ia tomar. Ela queria ver os lêmures, sobre os quais tínhamos lido muito durante a travessia do oceano Índico. Todos estávamos excitados e felizes. Nunca a tripulação desempenhou os procedimentos de atracagem com tanta rapidez e eficiência. Tive medo de que, de tão ansiosos, fôssemos cair no mar.

No entanto, uma voz sombria e preocupada ecoou pelo barco, via rádio, para avisar que havia uma epidemia de cólera na ilha. Foi o bastante para eu entrar em pânico.

— Nem pensar em desembarcar — avisou Vilfredo, levantando as velas e seguindo para o porto mais próximo, Mayotte.

— Não fica triste, mommy. Na próxima viagem a gente vem ver os lêmures — Kat me consolou.

A partir daí, até chegarmos à Europa, a luz vermelha de alerta ficou piscando intermitentemente na minha cabeça. A África, um continente tão lindo, podia ser muito perigoso para uma criança como a Kat, com um sistema imunológico que exigia muitos cuidados. Na África do Sul, redobramos os cuidados ao fazermos safáris. Um surto de dengue e malária nas savanas era uma ameaça constante. Um mosquitinho representava um perigo tão letal quanto um tubarão ou um leão.

Apesar disso, fomos fazer um safári, e minha criança interior se juntou com Kat — parecíamos duas meninas da mesma idade ao vermos os animais ali perto do nosso carro, na reserva. Ela foi a primeira a ver as zebras andando calmamente. Levamos duas horas para cobrir vinte quilômetros. Paramos e, com o motor desligado, em absoluto silêncio, ficamos observando o desfile de animais passando por nós: vários tipos de antílopes africanos e zebras. Todos os animais da família dos veados e cervos que cruzavam o caminho na nossa frente eram carinhosamente chamados de "Bambi" por Kat.

Ficamos hospedados em uma casa com grandes janelas de vidro no meio da savana, sem vizinhos ou muros ao redor, na reserva de Hluhluwe Umfolozi, no nordeste da África do Sul. A eletricidade era desligada às 22 horas. Depois, somente luz de velas. Na madrugada escura, os estranhos sons, uivos e rugidos na floresta tornam-se assustadores. Uma noite Kat se levantou e fizemos uma aventura. Na escuridão, com a luz de nossas lanternas iluminando através dos vidros das janelas, vimos uma dúzia de olhos vermelhos nos espreitando.

— Mommy, será que são leões? As janelas estão bem fechadas? — perguntava-me minha valente exploradora, apertando minha mão.

Era esquisito saber que, sorrateiramente, os animais se moviam ao redor de nós. O amanhecer e o final do dia são os melhores períodos para observar os animais. Entre as 11 e as 15 horas, o calor faz com que eles busquem abrigo à sombra das árvores, em suas cavernas ou em seus ninhos para descansar. Em respeito à natureza e a seus ensinamentos, depois do almoço Kat brincava tranquila com suas bonecas enquanto eu tirava uma soneca.

Em cada um dos oito dias que passamos na reserva havia uma novidade. Numa de nossas incursões, nosso guia nos mostrou pegadas de leão e explicou que pelo menos dois felinos passaram por ali nos últimos trinta minutos. Kat estava excitada, mas ficou quietinha no jipe. O guia aumentava o suspense, dizendo que as feras estavam caçando, e bem próximas. Meia hora depois, encontramos um jovem leão debaixo de uma árvore devorando uma zebra, morta há poucos minutos. Preocupei-me por Kat presenciar aquela cena. Mas ela cochichou em meu ouvido:

— Mommy, na natureza todos os animais têm que comer.

O silêncio no jipe é total. O rei dos animais levanta a cabeça, os olhos amarelos nos fitam e impõem distância. Um olhar intenso! Posso escutar o coração disparado de Kat aninhada em meu colo.

No regresso de um safári, passamos por um *kraal*, vila tradicional dos habitantes nativos da área, os zulus. Os moradores mostram algumas tradições de sua cultura, arte e artesanato. Uma velha feiticeira trouxe um pote enfumaçado e predisse meu futuro:

— Você partirá para muito longe, verá muitas terras e muita água. Você tem uma missão a cumprir. Espere pelos sinais.

Quando procurei por Kat, encontrei-a assustada, no colo de Vilfredo.

— Fiquei com medo! Uma feiticeira de verdade...

No safári ao parque de elefantes, Kat perguntou, ao ver a pequena pista de aviões:

— É aqui que o Dumbo aterrissa?

Como Bartolomeu Dias e Vasco da Gama no século XV, foi com redobrado cuidado e muita tensão que contornamos o temido cabo das Tormentas, no extremo sudoeste do continente africano. Ancoramos na Cidade do Cabo e fomos de carro ver o histórico local por onde passaram e onde afundaram tantas caravelas da Era dos Descobrimentos. Com o mar e as ondas altas aos nossos pés, mostramos para Kat onde fica o Brasil, do outro lado do oceano Atlântico.

— E para que lado fica a Austrália, onde está meu papai?

Fiquei calada por uns minutos acompanhando um veleiro que deslizava no horizonte. Robert não estava bem. A cada comunicação pelo rádio era possível sentir a deterioração de seu estado de saúde. Ele vibrava com as aventuras da Kat. Queria saber cada detalhe, cada ilha visitada, cada vitória de sua filha. Eu lia os resultados dos exames, falávamos sobre o curso dos tratamentos, as reações, positivas e adversas, dos remédios. Mas do outro lado as notícias não eram nada boas.

— A Austrália fica do outro lado, Kat Schurmann, você sabe muito bem disso! — consegui enfim responder, fazendo cócegas nela.

— E vamos embora — disse Vilfredo —, que David já deve estar nos esperando no barco.

Na Cidade do Cabo, depois de novos exames, fiquei um pouco deprimida. Os remédios que ela começou a tomar em maio em Miami mal completaram cinco meses e não estavam mais fazendo efeito. O simpático médico inglês que trabalhava na organização Médicos sem Fronteiras me aconselhou a levá-la a Miami.

E lá fomos de novo numa aventura de Cidade do Cabo a Londres, de Nova York a Miami. Estávamos fazendo mais milhas pelo ar do que pelo mar. Kat não parecia mal e, animadíssima, queria visitar cada cabine de comando dos aviões em que voamos. A dra. Gwendolyn ficou também bastante preocupada com os resultados, e dessa vez tivemos que ficar três semanas em Miami. Na tomografia computadorizada se detectou piora no estado de seu fígado e de seu baço. Ainda bem que eu ficava na casa de meus pais e tinha o apoio de minha irmã. Por duas vezes trocamos de remédios para um menos tóxico do que o último que ela havia tomado. Felizmente, no último exame Kat foi liberada para continuar a viagem.

— Puxa, que saudade dos golfinhos. — Foi a primeira coisa que ela falou quando encontramos um grupo desses mamíferos que nos saudaram no mar.

O *Aysso* zarpou da Cidade do Cabo dia 13 de novembro de 1999, subindo a costa oriental da África com muito cuidado, sempre informando nossa posição para as autoridades, novamente passando por uma região, ao norte da África, de intensa atividade de piratas. Só fomos relaxar quando entramos em águas espanholas para alcançarmos o golfo de Cádiz, na foz do rio Guadalquivir. Navegamos por esse rio rumo a Sevilha, porto de onde partiu a esquadra de Fernão de Magalhães, em 1519.

No Iate Clube de Sevilha, uma surpresa nos aguardava no cais. Dezenas de crianças de uma escola nos esperavam com cartazes e bandeirinhas. Elas vinham nos seguindo pela internet e haviam se tornado fãs de Kat, admirados com sua coragem e com as aventuras que estava vivendo nos últimos dois anos. Eles entraram para conhecer o *Aysso*. Kat não parava de falar e mostrava sua cabine e seu baú de tesouros. Desde que Jaime se tornou nosso tripulante, Kat aprendeu a falar espanhol muito bem. Eu mal podia esconder minha corujice de mãe: minha filha de oito anos, muito inteligente, dominando bem três idiomas. Observando a desenvoltura de Kat entre as outras crianças, esqueci-me da ameaça da espada sobre sua cabeça. Tive certeza que ela ia conseguir.

Bem, se você vai a Sevilha, é obrigado a provar as deliciosas *yemas* de São Leandro ou docinhos dos céus, feitos pelas freiras enclausuradas do Convento de San Leandro. É um doce finíssimo, e a receita é um segredo guardado a sete chaves pelo arcebispo de Sevilha. No pequeno pátio do convento há uma portinhola giratória. Tocamos a campainha e lá de dentro ouvimos uma voz:

— Santa Maria, Mãe de Deus!

Como já sabíamos a senha, respondemos:

— Sem pecado original.

E a voz continua:

— Em que posso servi-los?

— Queremos, por favor, comprar uma dúzia de *yemas*.

Colocamos o dinheiro na prateleira, uma espécie de bandeja giratória, que sumiu de repente. Depois de alguns segundos, retornou com uma linda caixa de madeira. Assim que a retiramos, a porta fechou-se e, quando voltou a se abrir, lá estava o nosso troco.

Curiosos, abrimos o pacote imediatamente. Kat riu alto. As freiras, do outro lado, ao ouvirem a risada, perguntaram:

— Tem uma criança aí fora com vocês?

— Sim, uma menininha.

Depois de alguns segundos:

— Por favor, podemos falar com ela? Coloque a menina na bandeja que nós a faremos girar e vir aqui para dentro.

As freiras enclausuradas podem ter contato com crianças, pois elas ainda são inocentes, sem pecado. Kat divertiu-se muito. Encolhida na bandeja giratória, sumiu das nossas vistas. Só ouvíamos risinhos, beijinhos e vozes "oh, como é linda", "como é seu nome?" Durante uns cinco minutos ela parecia ter entrado num túnel do tempo e viajado para outro mundo, longe de tudo. Enfim, as freiras nos chamaram para avisar que estavam devolvendo Kat. Feliz, carregada de doces e balas, ela voltou para nós contando sua aventura. Navegamos entre a Espanha e Portugal subindo o rio Tejo, em direção a Lisboa, ouvindo na rádio local as transmissões em português.

— Que português diferente este que eles falam! — estranhou Kat.

Foi em Portugal, preparando o barco para voltarmos ao Brasil, que levei um choque com uma realidade que até então desconhecia. Levei Kat para fazer fisioterapia na cidade. Depois de uma boa sessão de exercícios na piscina, Kat tomou banho primeiro e ficou me aguardando enquanto eu tomava o meu.

— Oi, miúda, como te chamas? — perguntou uma mulher.

— Kat Schurmann.

— Que idade tens?

— Sete.

— Ai que estais a contar mentiras. Meu neto de quatro anos é do teu tamanho. Mentirosa. Tu tens, no máximo, cinco anos.

— Não, tenho sete — disse Kat, já zangada.

— Onde está tua mãe? Ela deve te ensinar a não falar mentiras.

Saí enrolada na toalha, furiosa, e a mulher me disse:

— Tens que ensinar essa miúda a não mentir. Tão pequena e mentirosa.

Foi como um soco no estômago. Me dei conta de que até então todos os povos "primitivos", não civilizados, nunca questionaram a altura de Kat e a aceitavam como ela era, uma criança muito, muito feliz. Comecei, então, a pensar no futuro de minha filha de uma outra perspectiva. Estávamos voltando para o Brasil, e Kat tinha a aparência e o tamanho de uma menina de cinco anos. E agora? Ela teria que ir para um colégio. Como eu iria protegê-la dos impiedosos comentários e das brincadeiras de outras crianças?

Natal de 1999, mais um marco na nossa vida, mais um que Kat comemorava conosco. A virada de 2000, passada nas Canárias, foi de muita alegria para todos nós com a chegada de Pierre e Wilhelm. Kat estava superfeliz em estar com seus três irmãos novamente.

Todas as famílias se reúnem para comemorar o Natal ou um casamento.

— Acredito que somos a única família que se reúne para cruzar um oceano — falei quando reunimos nossos filhos para atravessar o Atlântico de volta ao Brasil.

Os dias de navegação desde Cabo Verde, cruzando o oceano Atlântico, foram de céu azul, correntes e ventos favoráveis e mar tranquilo, que embalava o *Aysso*. Com o barco estável, Kat e eu arrumamos o armário dela, e fiquei bem feliz ao ver que suas roupas já não serviam. Ela tinha crescido muito fisicamente e também se desenvolvido bastante: havia aprendido a ler e a escrever em inglês, e se comunicava muito bem em espanhol e português. Além disso, em quase três anos havia visto — e vivido — muito mais lugares, culturas e costumes que muitas pessoas em toda uma vida.

Kat acordou ao som de gritos: "Terra à vista!" E foi a mais animada, abraçando-nos e pulando conosco. Depois de dois anos e meio, estávamos de volta, dia 22 de abril de 2000, a Porto Seguro,

Bahia, para uma festa de recepção de boas-vindas com aproximadamente 15 mil pessoas vindas dos mais diversos lugares.

Olhei para Kat e não aguentei conter meu sentimento. De quê, até hoje não sei. De alegria? De felicidade? Alívio? Missão cumprida? Sentia o peito apertado e a garganta seca. Respirei fundo, devagar, buscando recompor minha emoção não identificada.

Kat dera a volta ao mundo, completando 912 dias no mar. Que feito incrível para qualquer adulto. Que conquista para uma criança, mas que vitória inacreditável de uma menininha que cinco anos antes ouvira de médicos insensíveis um diagnóstico de desespero e desesperança, uma sentença de morte iminente.

12. Heloisa

"Que ano mais conturbado este de 2001", pensou Barbara ao voltar da viagem, arrasada. Robert estava na cama quando ela chegou. Do corredor, ela podia ouvir o filho soluçando, num choro convulsivo. Resolveu deixá-lo em paz com sua dor. Trancou-se em seu escritório e abriu a última gaveta da mesa do computador. Pegou o papel onde copiara o nome e o telefone da brasileira Heloisa. Ligou o computador e acessou a internet para ver qual o fuso horário da Austrália para o Brasil. Doze horas a menos. Trancou o papelzinho de volta na gaveta. À noite, depois que Robert dormisse, ela ligaria para o Brasil.

Durante o resto do dia, Barbara ensaiou vários diálogos, diferentes tons de voz, enumerou vários argumentos, antevendo a conversa que teria com Heloisa. Resolveu fazer uma lista para organizar o que iria falar.

1. Você não é mãe dela.
2. Robert não estava em condições de tomar uma decisão tão séria.
3. Katherine é neozelandesa, tem o direito a uma boa educação, tem que viver em um país de Primeiro Mundo.
4. Você não é mãe dela.

Relendo o que escrevera, deu-se conta de que havia repetido o item 1. "Não importa", pensou, é a razão mais forte para contestar a adoção.

O jantar, o noticiário da televisão, as poucas palavras trocadas com Robert eram apenas imagens turvas em sua cabeça. Barbara olhava o relógio a cada cinco minutos, impaciente com as horas que não passavam.

Finalmente, Robert deu boa-noite e foi para o quarto.

Barbara pegou a vodca no congelador e a colocou num copo. Completou a bebida com suco de laranja. Silenciosamente, foi até o quarto de Robert. O filho estava dormindo profundamente. Ela tinha que ser rápida, pois o sono de Robert era em etapas. Em uma hora ele iria acordar, ler um pouco e voltar a dormir. Fechou a porta do quarto do filho. Foi para o escritório e trancou-se a chave.

Pegou o papel dentro da gaveta, consultou mais uma vez o relógio. Bebeu outro gole de vodca e começou a discar o longo número de telefone internacional.

— Alô! — uma voz fina de menina respondeu à ligação.

Barbara sentiu o coração disparar.

— *Do you speak English?* — conseguiu falar.

E a vozinha respondeu em um inglês perfeito, embora com sotaque americano:

— *Sure, how can I help you?*

Tremendo, Barbara pediu para falar com Heloisa. E ouviu sua neta gritar:

— Mommy! É pra você! Alguém que fala inglês.

Barbara sentiu crescer a sua indignação ao ouvir Katherine chamar Heloisa de mommy. A lavagem cerebral tinha sido mesmo total.

— Alô? Heloisa. Quem é?

Ao ouvir a voz, o nome e o idioma, Barbara pensou que iria começar a gritar, tamanha sua revolta. De repente se deu conta de que tudo de ruim que estava acontecendo em sua vida tinha uma mórbida conexão com o Brasil. Bem que ela tinha pedido a Robert para não casar com Jeanne. Conversou com ele por um bom tempo naquele horrível hotel em Belém. Ele chorou muito e prometeu que iria pensar. Ela tinha ficado tão aliviada quando soube que ele havia ido embora para o Chile. Mas por que voltou para o Amazonas depois de três anos? Que espécie de feitiço Jeanne fez para atrair seu filho? Agora estava morrendo, condenado por um vírus transmitido por aquela mulher. Se ele não tivesse ido trabalhar naquele país, nada disso teria acontecido. Se não tivesse voltado... E, agora, sua neta, sequestrada e vivendo lá, com uma família brasileira.

— Como está, Heloisa, lembra de mim? Barbara, mãe de Robert.

— Barbara? Aconteceu alguma coisa com Robert? Ele não me ligou ontem, como tinha prometido.

Robert falava com ela com frequência? Quando? Nas horas que ela ia jogar golfe? Ao supermercado? Sua raiva crescia a cada segundo.

— Não, ainda não. Ele está bem, dentro do possível, mas os exames estão dando resultados piores cada vez que ele vai para o hospital.

A cabeça de Heloisa funcionava a pleno vapor. Vilfredo e David pararam o que estavam fazendo nos seus computadores e tentaram adivinhar a parte do diálogo que se desenrolava na Austrália. Vilfredo fez um sinal para Kamila, a assistente do escritório. Ela entendeu e levou Kat para fora da sala.

"Bem", pensava rápido Heloisa. Barbara já sabe que Robert tem o vírus. E se estava ligando para ela, passados nove anos desde que se conheceram, era porque ele tinha contado que Kat tinha sido adotada. Heloisa sentou-se e esperou pelo pior.

Que foi ainda pior do que esperava.

— Heloisa, estou telefonando porque Robert me falou que ele deu Katherine para ser adotada por vocês. Só me falou isso agora. Esses anos todos eu pensei que ela estivesse sendo criada pela família de Jeanne.

— E nesses anos todos, seis, para ser exata, você tentou alguma vez falar com sua neta? Ligou para o Amazonas, escreveu para a família de Jeanne para saber notícias de Kat?

Barbara lembrou-se da Heloisa que conhecera na Nova Zelândia. Sempre com uma resposta na ponta da língua. Tomou mais um gole.

— Não, não liguei e você não tem nada com isso. Estou telefonando para você, *hoje*, para dizer que quero minha neta para ser criada aqui, na Austrália. Vocês não têm nenhum direito de adotá-la, de tirar esta criança da escola e levá-la para navegar pelo mundo. Vocês são uns irresponsáveis que se aproveitaram de meu filho doente para pegar minha neta. Robert vai morrer, sim, mas eu tenho muita saúde para criar Katherine.

— Barbara, eu entendo sua dor, sei que Will morreu e, mais do que ninguém, compreendo a angústia com a qual você vive, sabendo que seu filho está muito doente...

— Não, não sabe. Vi seu site na internet. Seus meninos estão bem saudáveis, você não tem como saber o que estou passando.

Heloisa concluiu que Robert não tinha contado que Kat era soropositiva também.

— Você tem sua vida, seu marido, seus filhos. Você não precisa de Katherine — disse Barbara.

Foi a vez de Heloisa ficar furiosa. Imitando o sotaque de Barbara, respondeu:

— Não precisa de Katherine? Você acha que se tem uma criança para suprir as necessidades de um adulto? Você pensa que eu iria deixar *minha* filha ir morar na Austrália para servir de passatempo para você? Para preencher o vazio deixado por Will ou por Robert?

— Eu quero a minha neta. É meu direito.

— Barbara, você está pagando muito dinheiro por este telefonema. E não vai dar em nada. Você é bem-vinda à minha casa se quiser vir visitar Kat. E não me ligue mais. Não tenho tempo nem medo de ameaças. Tchau!

Barbara ficou algum tempo parada, olhando para o telefone mudo. Ficou com medo de que tivesse acordado Robert com sua voz exaltada. "Que mulherzinha antipática essa Heloisa. Pensa que é mãe de minha neta." E lembrou-se de que não tinha deixado claro que Heloisa não era mãe de Katherine. Itens 1 e 4 de sua lista.

Abriu a porta do escritório e, só então, notou que a luz da sala estava acesa. Robert estava sentado na cadeira que tinha sido de seu pai. Cada vez mais abatido, a vida esvaindo de seu corpo como se sua pele fosse feita de parafina, derretendo sem piedade.

— Você estava falando com Heloisa Schurmann, não estava? — A voz dele, fina e fraca, era resultado de um grande esforço.

— Sim, resolvi usar meus próprios recursos para ter Katherine de volta. Assim que você estiver se sentindo melhor...

— Meu Deus, mãe, aceite os fatos. Ficaria mais fácil para mim, acredite.

— Por que você escondeu tanta coisa de mim? O que eu fiz para você? Mesmo que eu tenha sido uma péssima mãe, você não acha que depois do que passei com seu pai e estou passando com você não mereço voltar a ter uma alegria na minha vida? Uma criança saudável correndo pela casa e me fazendo companhia. Você não acha que mereço?

Robert olhou para a mãe e, pela primeira vez em sua vida, sentiu amor por ela. Quem era ele para julgar que tipo de mãe ela tinha sido? Autoritária, dominadora, ausente e perfeccionista. O que ele sabia sobre ela? Robert odiava o jeito com que ela tratava o pai. Mas Will parecia feliz e nunca reclamou. Barbara tinha proporcionado a seu pai os últimos meses e derradeiros dias felizes e confortáveis. Cuidou dele com muito amor e carinho até o último minuto. E agora, com ele, Robert, como não admirar a dedicação que ela tinha? Ela já poderia tê-lo internado numa instituição. Mas, não, ela o queria em casa sob seus cuidados. Ela não iria desistir. Não iria fazer o que ele fez com Katherine. Que arrogância a dele julgar essa mulher que olhava para ele neste momento. Como seguir escondendo mais um segredo?

Com a cabeça baixa, sem coragem de olhar para a mãe, Robert falou:

— Katherine jamais será uma menina saudável correndo pela casa. Ela nasceu com o vírus HIV. Hoje ela está bem, mas...

13. Heloisa e Barbara

— Schurmann, bom dia! — a voz agradável de Kamila respondeu ao telefone.

— Heloisa, *please* — solicitou Barbara, não muito certa de que Heloisa falaria com ela.

Kamila aperta uma tecla do telefone e anuncia:

— Dona Heloisa, linha 1 para a senhora. Acho que é a avó da Kat, da Austrália.

— Heloisa. Quem fala?

— Heloisa, estou ligando para pedir desculpas.

O telefone fica mudo.

— Alô?

Heloisa tinha certeza de que Barbara estava chorando.

— Eu não tinha a menor ideia. Só ontem Robert me disse que Katherine também tem o vírus do HIV. Conversamos a noite toda e ele me contou todos os detalhes da adoção. Contou como vocês tiveram que mudar suas vidas para poder cuidar dela, mesmo sabendo que poderiam ser apenas seis meses. Por favor, desculpe-me. Agora entendi por que você me disse que sabia como eu estava me sentindo, com meu filho morrendo. Desculpe-me, por favor.

— Não esquenta, Barbara. Sempre fui contra guardar tantos segredos de você e Will. Mas era a vontade de Robert e eu respeitei.

— Ele me mostrou fotos da viagem da volta ao mundo que vocês fizeram. E de Kat com tutu e sapatilhas de balé. Ele tem tudo no computador, e agora entendo por que ele passava tanto tempo trancado no quarto olhando para a tela. Que linda ela é. Acho que é parecida comigo, você não acha?

— Barbara, por que você não vem ao Brasil conhecer Kat e passar um tempo com ela? Minha casa é bem grande. Você pode ficar aqui o tempo que quiser.

O suspiro de Barbara cortou o coração de Heloisa.

— Não, não agora. Não posso deixar meu filho.

Barbara podia ouvir um diálogo abafado do outro lado da linha. Heloisa deve ter tapado o telefone com a mão. Quando ela voltou, era animação pura.

— Podemos ir aí, então? Vilfredo, Kat e eu? Para passar o Natal?

Quando, enfim, desligou o telefone depois de acertados todos os detalhes, Barbara levou as mãos ao rosto e começou a chorar. Depois de algum tempo, pegou um bloco em cima da mesa. Abriu uma gaveta e tirou de uma pequena caixa a velha caneta Parker, a preferida de Will.

Era preciso fazer uma lista. Havia muitas coisas para organizar para a visita da neta.

14. Querido diário

2001

Oi, Diário!

Bem legal que a mommy me deu de presente de aniversário este Diário com chave. Vou contar tudo pra você e ninguém vai ler. Vou esconder você no fundo da gaveta.

Hoje acordei tarde depois da festa muito legal do meu aniversário de nove anos.

Puxa, já faz um ano que viemos morar aqui em Ilhabela. Nosso veleiro, o *Aysso*, está ancorado aqui, mas mudamos para uma casa. Moramos mommy, daddy, David e eu, e até sobra lugar na casa. Ganhei uma casa só minha, perto da piscina. Ela é cor-de-rosa com uma varandinha e até um jardim. Ih... eu tenho que aprender a cuidar das flores. Mommy disse que minha mãe gostava de rosas.

Eu entrei para uma escola quase ao lado da minha casa. É bem diferente de estudar no barco. Tive que aprender a ler e escrever em português e a ir para a escola todos os dias. Os meninos falam muito alto e às vezes gritam. Eu tenho que tapar meus ouvidos, senão me dá dor de cabeça.

A única coisa legal é que tenho muitas amigas para brincar que depois da aula trazem suas bonecas pra minha casinha e a gente brinca a tarde toda. A mommy traz lanche com biscoitos e sucos na minha louça de brinquedo.

O quintal também é bem grande e jogamos bola e brincamos de pegar com daddy.

Mas o que eu adoro é nadar com mommy, daddy e David na piscina.

No início eu não sabia nadar muito bem. Então veio a tia Beth, professora de natação, e foi bem rapidinho que eu aprendi. A mommy às vezes é engraçada, ela ficou tão emocionada quando atravessei a piscina de ponta a ponta debaixo d'água que começou a chorar.

A casa também é o escritório onde mommy, daddy e David trabalham. Assim eles ficam mais perto de mim. Às vezes eles têm que viajar pra São Paulo, e disso eu não gosto, pois fico morrendo de saudade.

Agora temos mais duas pessoas morando na casa. Uma é a cozinheira, a Cleuza, que não sabe cozinhar nada do que eu gosto, e a outra, a Maria, a acompanhante que cuida de mim. Ha! Cuida de mim... Ela me dá as vitaminas e fica espiando se eu fiz os deveres, isso, sim.

Meu aniversário foi bem legal, veio minha tia Keilah, meu tio João, meus primos Camila e Giovani, e muita gente que até eu não conhecia. Tinha palhaço, brigadeiros, perna de pau e balões. Meu papai ligou da Austrália e disse que me mandou um presente. Eu não sabia como dizer perna de pau em inglês. Papai achava que era "pernilongo". Eu disse "não, papai, pernilongo é um mosquito". A gente riu muito!

Na aula de português deu uma confusão e uma ciumeira quando fizemos um trabalho sobre a árvore genealógica e eu tive que desenhar duas árvores na minha, porque eu era a única da classe que tinha quatro avôs e quatro avós!

***

O meu sobrinho, Emmanuel, filho do Pierre, veio dos Estados Unidos conosco para passar as férias aqui. Ele é meu amigão, mas fica bravo porque digo que ele tem que me chamar de tia. Ele é muito maior do que eu.

Nós dois fomos para uma colônia de férias numa fazenda bem longe de casa. Mommy preparou tudo e nos levou até o ônibus. Adorei! Fiquei num dormitório chamado Lontra com mais três meninas, e tinha artesanato, brincadeiras, música e muitas coisas para fazer. Uma comida muito gostosa, e podíamos comer batata frita e pizza. Ainda bem que a mommy não estava por perto. Ela não deixa eu comer coisas fritas. À noite eu não aguentava e dormia cedo, morta de cansada.

Fiquei conhecendo a Dani, que tinha que tomar remédio, e íamos juntas para a enfermaria. Ela era diabética e tomava uma injeção. Ainda bem que eu tomava somente vitaminas três vezes por dia, mas nenhuma injeção. Todo mundo me pergunta por que eu ando mancando e não posso correr. Um saco ter sempre que contar que desde que nasci eu já tinha as pernas assim.

Era para ficarmos uma semana, mas eu gostei tanto que pedi à mommy para ficar mais. Emmanuel também queria ficar mais. Não sei por que a mommy é tão preocupada comigo. Mas no fim me deixou ficar. Ela mandou mais vitaminas pelo ônibus que trouxe as novas crianças que vinham acampar.

***

Oi, Diário, agora que estou morando em Ilhabela tem sempre muita coisa pra fazer. Eu estou no balé, e no fim do ano tem festa para os pais. Às vezes é bem difícil a posição dos pés e das pernas, mas minha professora tem muita paciência.

Meu papai me ligou e disse que era para eu ser boa aluna como a minha mamãe. Ele está muito longe, na Austrália.

No colégio não gosto da aula de educação física, porque, como não posso correr e jogar bola, o tio me coloca pra ajudar na contagem dos pontos dos jogos, o que é muito chato.

A mommy me leva sempre ao médico, e não gosto de tirar sangue. Ela comprou uma pomada que passo antes para não doer. Tenho que faltar aula uns três dias, fazer exames, tirar sangue, depois ir à médica pra ver se está tudo ok. Ok o quê? Tomo montes de vitaminas para crescer, mas continuo a menor da sala. Eu sei bastante coisa na aula de geografia, aí a minha professora perguntou para o daddy se podia levar a classe para sair no *Aysso* para ela ensinar sobre os pontos cardeais. Foi engraçado, pois os meninos que vivem me enchendo o saco me chamando de "baixinha", assim que o vento entrou forte e o barco inclinou, começaram a gritar de medo. Morri de rir, uns valentes em terra e medrosos no mar. Daddy falou como eu era corajosa e não tinha medo nem nas tempestades com ondas altas.

Olha, Di, que legal. No feriado de 7 de setembro fui com o daddy e a mommy para, adivinha? A M A Z O N A S! Eles foram dar uma palestra, e minha avó, meu avô, tias, tios, primos e primas foram para Manaus me encontrar. D+. Eu andei de barco com eles e ficamos juntos todos os dias. No dia que a gente voltou para São Paulo, a mommy ligou para Miami para falar com a tia Eliane. Tava superpreocupada, dois aviões derrubaram dois prédios e parecia uma guerra nos Estados Unidos. Mas eles estavam todos bem.

*****

Eu queria ficar em casa com Kat. Mas não era possível. Vilfredo e eu fazemos palestras em muitas empresas. Tínhamos que viajar constantemente. Ninguém imaginava a minha preocupação em deixar Kat em Ilhabela. Se a palestra era em São Paulo, eu ia e voltava no mesmo dia. Mas, se tivesse que viajar, mantinha contato mais do que frequente. Se fosse uma viagem de fim de semana, eu contava com o carinho de David, que ficava com a irmã. Tive a sorte de sempre contar com pessoas muito especiais que cuidavam de Kat e estavam atentas a qualquer mudança na saúde dela. Em Ilhabela, os pediatras, dra. Heloísa e dr. Alexandre, mantiveram o sigilo sobre a condição dela e me ajudaram sempre.

*****

Passei de ano direto sem precisar fazer provas. Todo mundo me chama de CDF, mas eu gosto de ler e aprender muitas coisas diferentes. Foi bom, pois assim entrei de férias mais cedo.

Na festa de fim de ano, eu fui a Emília, do Sítio do Pica-Pau Amarelo, e toda a minha família veio à festa.

Querido Diário, mommy e daddy me fizeram uma surpresa depois da festa. Vamos para a Austrália passar esse Natal de 2001 com meu papai. Não acredito! Ele está morando com minha avó Nana. Meu avô Will morreu de câncer.

***

Desculpa, não falei com você muito tempo, mas teve muita coisa e muita correria.

Putz, que viagem tão demorada. Eu já estava cansada de ver filmes no avião. E ainda tinha mais um avião depois que chegamos a Sydney. Adoro andar de avião. Mommy faz de conta que eu sou a piloto, e eu já sei como levantar voo e aterrissar um avião, de brincadeirinha.

***

Ufa! Chegamos a Brisbane, meu papai estava muito feliz em me ver, e dizia o tempo todo: "Como você cresceu!" Eu me lembrava dele das fotos bem grandão, mas ele estava diferente. Nana eu nem conhecia, ela é muito séria.

Sabe, Diário, toda vez que eu pergunto para a mommy "por que meu papai me deu para vocês?", ela diz: "Porque ele te ama muito."

Foi a primeira coisa que perguntei a ele assim que saí do avião.

"Papai, por que você me deu para a mommy e o daddy?" E ele respondeu: "Porque eu te amo."

Mas bem que ele podia ter escolhido uma família menos maluca.

Meu papai está doente e não consegue andar. Ele tem câncer como meu vô Will. Mas daddy empurrou a cadeira de rodas dele. Papai nos levou para tudo que era lugar, foi bem legal; no parque de diversões, eu visitei um aquário gigante, que tinha muitos tubarões, dei comida para os cangurus, mas o mais legal foi segurar no colo um coala de verdade. Meu papai entrou na piscina comigo e eu falei para ele um versinho que recitei para o daddy na escola no Dia dos Pais.

Neste dia que é só teu
Vou te dar um beijinho
Com muito amor e carinho
A você, meu papaizinho.

Ele me deu mil beijinhos e disse: "Kat, você é a princesa do meu coração que amo muito." No Natal ganhei de presente um carrinho de controle remoto que meu pai me deu. Foi divertido e nós dois apostamos corridas, e eu ganhei todas. Mommy e daddy me deram um grande presente: vamos para a Nova Zelândia depois do Natal. Oba! Mais viagem!

Gente grande é muito engraçada. Todo mundo chorou no Natal, mesmo ganhando presentes. Mas eu fiquei bem feliz com meus presentes.

Quando fui embora, papai me prometeu que virá no meu aniversário de dez anos! Vamos fazer uma superfesta! Mommy é sempre animada para fazer minhas festas de aniversário.

***

Da Austrália para a Nova Zelândia o voo foi bem rapidinho. E tinha mais surpresas: daddy alugou um *motor home* pra gente visitar tudo.

Diário, você nem acredita, mommy e daddy são muito legais. Eles me levaram ao hospital onde nasci, na casa em Mahurangi, onde morei com minha mamãe e meu papai. Visitamos os amigos da mommy e do daddy em tudo quanto era lugar. No último dia foi um pouco triste. Eu fui levar flores para minha mamãe num lugar muito lindo que parecia um parque, mas era um cemitério, e de repente me deu uma tristeza muito grande e chorei muito. A mommy me abraçou e me disse que só quando a gente ama alguém é que sentimos saudade.

*****

Voltar com Kat aos mesmos lugares em que conhecemos Jeanne me deu muita saudade. Fiquei muito feliz quando visitamos Opua e encontramos nossos amigos, e todos eles nos diziam ao ver Kat:

— Afinal vocês encontraram a filha com que sempre sonharam!

E os olhinhos de Kat se arregalavam de alegria.

— Que legal que vocês me adotaram. Assim eu também ganhei uma mommy e um daddy.

2002

O fim das férias foi no *Aysso*, velejando e tomando muito banho de mar. Adorei porque vimos muitos golfinhos, e eu até já sei "falar" como eles. Um dia, perto de Ubatuba, tinha uma tartaruga-gigante bem na frente do barco.

Esse ano minha professora, a Mila, está ensinando muita coisa sobre o Egito. Meu irmão David vive implicando comigo, me chamando de princesa mimada. Eu disse para ele que eu já fui uma princesa no Egito, mas só quem acredita em mim é a mommy.

Estou adorando todas as aulas da Mila. Ela manda a gente ler um livro e depois fazemos um teatro sobre ele. Na vez da *As mil e uma noites*, mommy achou uma roupa minha que usei na Ásia, e emprestou para a Luciana, que foi a Sherazade, um véu e uma blusa.

Na aula de matemática estou aprendendo frações. Em casa com minhas amigas fizemos um bolo de chocolate e cortamos $^1/_2$, $^1/_3$, $^1/_4$ e depois comemos tudo.

***

Mommy e eu fomos aos Estados Unidos visitar meus avós e minha tia Eliane. Um saco que cada vez que venho a Miami tenho que fazer montes de exames, muitos mesmo, num hospital e trocar minhas vitaminas.

Ontem mommy estava dirigindo e eu não aguentei o gosto da nova vitamina, muito ruim, e vomitei tudo no carro. Ela ficou nervosa, parou num posto e me limpou com água mineral. Eu fiquei muito cansada e dormi no colo dela direto sem jantar. Não sei para que tomo tanta vitamina, não cresço nadinha. Ela já me disse mil vezes que eu tenho uma saúde complicada, com meu fígado e outras coisas mais, sei lá. Ela repete sempre: "Um dia, quando você for maior, mais velha para entender, eu lhe conto." E nem adianta perguntar para o daddy, pois a resposta é a mesma. Fico muito curiosa.

Na escola fiz uma redação sobre minha vovó Ely. Como eu me lembro da minha avó: ela é muito querida, e que pena que ela não se lembra de muitas coisas, pois ela tem uma doença chamada *ausaimer.* Uma coisa que eu me lembro dela é que ela estava sempre sorrindo. Ela me deu uma linda boneca que se chama Ely, que eu não largo nunca, e já deu a volta ao mundo comigo.

Minha outra avó, Isis, veio de bem longe, do Amazonas, me visitar com tia Keilah. Ela mora em Carauari, onde nasceu minha mãe. Ela fala bem calminha e me contou muitas coisas sobre minha mamãe quando era pequena. Ela falou que minha mamãe me amava muito e que me pegava no colo, me beijava muito e cuidava de mim com muito carinho. A vovó Isis me deu muitos beijinhos.

Fomos velejar na Semana Santa e levei duas amigas, a Pérola e a Bia. A gente foi até a ilha Anchieta explorar pela trilha até o outro lado, e daddy era nosso guia. Vimos capivaras, cutias e macaquinhos, e na praia fizemos castelos de areia. Fomos nadando para o barco, à noite fizemos brigadeiro e daddy fez um macarrão do capitão bem gostoso. Comi dois pratos.

Na volta pra Ilhabela eu fiquei enjoada porque o mar estava bem mexido. Daddy me deixou ir no leme, dirigindo o *Aysso*, e logo fiquei boa.

Wilhelm veio passar uma semana aqui em Ilhabela, e ele disse que quando eu crescer vai me ensinar a fazer windsurfe.

Bem legal que cada um dos meus irmãos sabe uma coisa. David me mostra as coisas de cinema, eu até sou ajudante dele para limpar a câmera e as lentes. Pierre me trouxe um computador que era dele e me ensinou a usar. Agora já posso falar com a mommy na internet.

Minhas amigas acham a mommy muito engraçada, mas acho que elas ficam com inveja. Todos os dias quando eu abro minha lancheira, eu tenho um bilhetinho dela. Uns têm desenhos, outros, *stickers*, e uma mensagem. "Come todo seu lanche para você ficar forte", "Estou com saudade de você", "Estude bastante", "Vamos falar no computador hoje à noite?" E ela sempre faz um coração escrito "Eu te amo". Mesmo quando ela está viajando, meus bilhetinhos aparecem. Bem legal. Às vezes eu recebo cartões-postais de onde ela foi dar palestra com daddy.

No Dia das Mães fui com daddy comprar um presente bem lindo pra ela e ele comprou flores pra ela. Minha tia Beth é bem legal e está feliz porque já sei nadar três estilos. Adoro as aulas dela e às vezes ela fica aqui comigo depois da aula e fazemos brincadeiras.

***

Meu querido Diário, aiaiai, não escrevi esse mês todo porque eu fiquei muito triste. Nem sei como te contar. Chorei muito. Sabe, meu papai ficou muito doente, ele estava com câncer, foi para o hospital, ficou em coma e morreu. Fiquei mal, aiaiai, e até fui dormir no quarto com o daddy e a mommy. Nunca mais vou poder falar com ele na internet ou no telefone. Meu papai me prometeu que vinha para o meu aniversário. Por que ele morreu?

Eu vou ficar com muita saudade dele. Nem quero mais fazer dez anos.

Na escola minha tia reuniu todo mundo e cada um falou sobre alguém que morreu na vida deles. Todo mundo falou, e o Jorge disse que a mãe dele também tinha morrido quando ele era pequeno, mas ele tem um pai bem legal.

Uma noite, mommy e eu fizemos uma coisa, como ela disse — um ritual —, uma cerimônia muito especial. Quando estávamos velejando no barco e vimos a constelação de Órion, ela me pediu para colocar a mamãe no céu, em uma das Três Marias. Era minha constelação especial.

Ontem à noite, nós duas ficamos deitadas na grama e eu botei o papai ao lado da mamãe. Mommy disse que assim eles estarão sempre me olhando e protegendo. Mesmo assim eu fiquei muito triste. Falei no telefone com Nana, mas ela chorou muito e não entendi nada do que ela falou.

***

Em vez de festa de dez anos, vou para o acampamento com Emmanuel outra vez, mas mommy, que adora aniversário, chamou meus irmãos e minhas amigas, e eu tive uma pizzada e um bolo pra comemorar os meus dez anos.

Fui para ficar três semanas no acampamento, e como eu já conhecia todo mundo pude fazer mais coisas. Fiz aulas de circo. Como sei cair mesmo, foi fácil pra mim. Adorei fazer arborismo e me deu um frio na barriga, porque era no alto das árvores, mas aí me colocaram um cinto de segurança e vi que era como andar no barco balançando. Os monitores me chamavam para ajudar com as crianças que estavam com medo. Emmanuel estava com a turma dele de meninos maiores e nem ligou pra mim. Acho que ele tinha vergonha de me chamar de tia. Adorei o acampamento.

***

Já estou ficando cansada de ir ao colégio todos os dias. Eu estudo bastante, aprendo a matéria, e tem gente tão demorada para entender. Me dá até sono. Adoro fazer trabalhos de grupo e todo mundo gosta de vir aqui em casa. Fazemos o trabalho e depois vamos à piscina ou brincamos na minha casinha.

Nos fins de semana e feriados minhas amigas vêm velejar e o nosso barco parece até uma colônia de férias.

Todo mundo me pergunta na escola como é ser filha adotada. Eu não sei como é, pois eu amo a mommy e o daddy e nem sinto como é ser adotada.

***

Emmanuel veio dos Estados Unidos para as férias de julho, mas não fomos ao acampamento. Sebastian, o irmão dele, veio também e foi para um acampamento por uma semana.

Depois fomos velejar por duas semanas até Angra e foi bem legal, pois fizemos aventuras pelas trilhas, tomamos banho de cachoeira e fizemos até tobogã em um rio. Toda noite jogamos cartas com daddy, Emmanuel e Sebastian. Mommy fez bolo de chocolate e muita comida gostosa, mas o melhor de comer é o macarrão do capitão.

No mês de setembro, faltei à aula dez dias. Mommy não deixou eu ir porque tinha catapora na escola. Eu tenho que ficar em casa cada vez que tem catapora. Ela diz que eu não tomei vacina e não posso pegar a doença. Pra não ficar atrasada, a minha professora vem aqui me trazer os deveres e o que eu tenho que fazer. Tenho uma acompanhante bem legal agora, o nome dela é Pretinha. Todo mundo diz que não posso chamar ela assim, mas é o nome dela de verdade.

Ela me explica meus deveres e nós duas brincamos bastante de boneca. Eu acabo depressa e não tenho que ir para o colégio.

***

Fomos a Santa Catarina de carro. É assim, daddy vai dirigindo, mommy do lado dele, eu atrás com Pretinha. Ele põe o pé na estrada e vrummmmmm, dirige rapidinho! Às vezes eu enjoo e ele tem que parar o carro. Na estrada, digo bem antes de ter vontade de fazer xixi, porque tenho medo dele passar direto. Vrummmmmmmmmmmm! Adoro viajar, vou escutando música no meu fone e acabo dormindo.

Em Bombinhas, mommy e daddy estão fazendo um instituto para ajudar a natureza, bem legal.

Minha mommy teve uma discussão no colégio porque o diretor disse que eu vou perder o ano por faltas. Eu não vou à aula se estou viajando ou porque às vezes fico doente com bronquite e tenho que ficar quietinha na cama, o que é muito chato. Não gosto de faltar ao balé.

***

No fim do ano acabei com notas boas. A festa de Natal vai ser aqui, e daddy comprou uma árvore e eu decorei bem linda com ele me ajudando. As bolas são coloridas e quebram. No barco são de pano, a gente costura na árvore, para não cair e quebrar quando o barco pula e navega de lado.

***

Diário, oooooooooooooooooooooooooooooooooooooi.

Daddy estava comigo em Ilhabela e preparamos a árvore de Natal. A mommy ficou trabalhando em São Paulo e veio pra Ilhabela com David e Gabriela dois dias antes do Natal. Ela me acordou no meio da noite, maluquinha que ela é, e me colocou sentada na mesa da cozinha. Eu ainda estava com sono. Ela me disse: “Kat, o que você mais quer de presente na sua vida?”

Acordei na hora. “Um cachorro!” Ela me mandou fechar os olhos e colocou um cachorrinho no meu colo. “O nome dele é Apolo”, o David falou.

Aiaiaiaiaiaiai... não acreditei. Que lindinho, branquinho, fofinho e pequeninho, meu labradorzinho champagne. Pulei para o chão e ele veio em cima de mim. Aí o daddy acordou e desceu para a cozinha. “O que é isso?”, “Olha, daddy, um cachorrinho que ganhei da mommy e do David”. Ele ficou bem zangado. Sentou no chão para pegar meu cachorro. O cachorrinho veio e lambeu toda a cara do daddy. Diário, foi muito engraçado, em dois minutos daddy e Apolo estavam rolando no chão e brincando muito. Fiquei tão feliz! Agora tenho que aprender a cuidar dele. Ele não pode entrar em casa, fica na área de serviço, chora de noite e ninguém dorme. Mas de dia eu corro no jardim com ele, e ele entrou na minha casinha e pegou minhas bonecas e estragou os cabelos e as roupinhas delas. Que levado. Acho que vai ter que ficar só na minha varandinha.

2003

Nessas férias de janeiro fomos para Miami visitar o vovô, a vovó e a tia Eliane. Foi bom e ruim. Foi bom porque fomos à Disney com Emmanuel e Sebastian. Andei na montanha-russa! Foi ruim porque tive que fazer mais exames e agora tenho que tomar uma vitamina de gosto horrível. Tive que fazer aulas de engolir pílulas. Foi assim: três vezes por semana, mommy ia comigo a uma clínica e lá uma tia bem querida me ensinou. Bem chatinho. Comecei com uma pílula bem pequena e cada vez ela me dava uma maior, até eu engolir uma pílula gigante, que ela chamava de cápsula. Aí a mommy colocava o líquido da vitamina devagarzinho, com uma seringa, dentro da cápsula e eu tomava uma, depois outra, depois outra. Pronto, três delas e eu não sentia o gosto horroroso da vitamina. Tinha que ser tudo bem devagar, e eu tenho que engolir rapidinho antes da cápsula dissolver, senão eu vomito tudo.

***

Esse ano estou na terceira série. Fiquei bem chateada, minha melhor amiga, a Pérola, mudou de escola. Ela era a única do meu tamanho, mas agora já está bem mais alta do que eu.

A minha professora é chata, e não é animada como a minha tia do ano passado. Mudamos de sala e eu fico sufocada de tanto calor. Que pena, a Pretinha foi embora porque a mãe dela estava doente. Agora tenho outra acompanhante, a Sônia. Ainda não me acostumei com ela.

Ganhei a melhor nota da sala pela redação sobre abraços. Adoro abraços. Daddy me dá abraços apertados, e meus irmãos me dão abraços malucos, e minhas amigas me dão abraços encabulados, mas o melhor abraço é o da minha mommy quando ela me acorda pela manhã. Abraços são amor, abrace alguém.

***

No carnaval foi muiiiiiiiiiiiiiiiiiiiiiiito legal. A mommy e o daddy foram viajar e tia Keilah, tio João e meus primos Giovani e Camila vieram ficar comigo uma semana inteirinha. Fizemos muita bagunça, soltamos pipa, fomos à praia, tomei montes de sorvete, jogamos bola, aprendi muitos jogos com meus primos e brincamos muito na piscina. Minha tia parece com minha mamãe, eu gosto muuuuito dela e adorei ficar com ela.

***

Meu Apolo está crescendo e ficando muito levado. Ele rasga a roupa do varal e, se deixamos toalha na piscina, ele pega e foge. Daddy chamou um treinador e eu tenho que ficar junto para aprender a treinar. Ele corre e pula em todo mundo, menos em mim. Ele fica bem tranquilo perto de mim. Eu converso com ele bem baixinho.

***

Na Olimpíada escolar eu fiquei no time de natação. Foi muito engraçado, pois os meninos que estavam competindo comigo riam de mim no começo da competição de crawl. Olha a baixinha, vai ser fácil ganhar dela. Respirei fundo e quando deram o sinal pulei na água e nadei sem parar. Todo mundo da minha sala gritava Kat, Kat e eu nem ouvi. Adivinha, Diário... cheguei em primeiro lugar. Aí olhei para os meninos e comecei a rir da cara deles. Ganhei uma medalha de ouro no crawl e uma de prata nadando golfinho. Tia Beth me deu uma linda caixinha para eu guardar minhas bijuterias. Ela estava toda feliz comigo!

***

Minhas amigas vêm sempre dormir aqui nos fins de semana e fizemos uma festa de aniversário para nossas bonecas. A Luciene, que cozinha para nós, fez bolo, brigadeiros e bijus. Hummm.

***

Oi, Diário, está dando a maior confusão, vi na televisão. Um menino, Pedrinho, que foi sequestrado quando era bebê, agora foi encontrado com 16 anos pelos pais dele. Coitado, 16 anos com uma mamãe e agora descobriu que tem outra mãe. Antes de dormir eu falei pra mommy: "Você não vai gostar, mas vou falar uma coisa. Não fala pra ninguém, mas lá no fundo do meu coração eu fico contente que meus pais morreram." A mommy quase se engasgou: "Kat, você não sabe o que está falando. Seus pais te amavam muito!" "Sei, sim. Já imaginou se estivessem vivos e viessem me desadotar de você e do daddy?" Mommy começou a chorar, me deu mil beijinhos e não parava de dizer "eu te amo muito, minha princesa". E eu que pensei que ela ia ficar zangada comigo.

***

Ai, Diário, fomos passar a Páscoa em Santa Catarina velejando no *Aysso*. Aí a mommy recebeu uma ligação da minha prima Fernanda dizendo que minha vovó Ely estava muito mal no hospital. Ela me deixou com daddy e foi direto pra Miami. Quando ela chegou lá, a vovó Ely já tinha morrido. Me deu uma pena da mommy. Agora ela é como eu. Não tem mais sua mamãe.

Diário, eu acho que a morte é muito fominha e não gosto nem de pensar nisso, mas ela leva as pessoas que a gente ama. Eu fico com medo às vezes, quando a mommy e o daddy viajam, deles não voltarem mais. Quem vai cuidar de mim?

A mommy chegou bem triste. Uma noite eu pedi pra ela colocar a mamãe dela nas Três Marias, assim vovó Ely não ia ficar sozinha. Agora ela está junto com minha mamãe e meu papai. E as Três Marias estão cheias. Pronto, ninguém mais pode morrer. Vovô Eddie veio ficar um tempo conosco. Ele estava bem triste e me ajudou a plantar minhas flores na minha casinha. Ele também trouxe um livro e está me ensinando a tocar o teclado que era da minha mãe. Tadinho do vovô...

***

A mommy já disse que este ano vamos fazer uma superfesta de aniversário pra mim! Eu vou convidar todas as minhas amigas, mesmo que elas não queiram vir mais brincar na minha casinha de boneca.

Nesse fim de semana fizemos uma festa do pijama. Seis amigas dormindo aqui. Uma bagunça de colchões. Jantamos pizza, e depois assistimos dois vídeos até a mommy mandar a gente dormir depois da uma da manhã.

***

Oi, Diário, estou na escola, tédio... fome... dor de cabeça... enjoo... resumindo, estou péssima!

***

Diário, olha que novidade! A Nana ligou e disse para a mommy que ela vem para o meu aniversário. Já pensou? Lá da Austrália para Ilhabela.

***

Fomos buscar Nana em São Paulo. Foi bom porque ela trouxe bastantes presentes. Ela disse que eu estava crescida, mas todo mundo da minha turma já está gigante. Não cresço. Acho que vou ficar baixinha que nem minha mãe.

***

Diário, nem deu para escrever esses dias todos de tantas coisas que aconteceram. Minha festa de aniversário de 11 anos foi D+. A melhor festa da minha vida. Veio todo mundo, minhas tias, primos, primas, meus irmãos, minhas amigas, minhas professoras, todo mundo. Mommy mandou fazer camisetas com golfinhos, baleias, e todo mundo se vestiu com elas. Tinha um pessoal para fazer teatro, brincadeiras, música, nós dançamos e tudo foi muito divertido. O bolo era enorme, todo com golfinhos também. Tinha uma caixona, que logo encheu de presentes pra mim. Nem abri todos. Mas a mommy me deu um Diário novo muito lindo. O daddy fez uma surpresa e me deu um relógio bem legal. Nana me disse que "seu papai ia ficar feliz com essa festa". Eu acho que a minha mamãe também.

Nana queria saber tudo da minha vida, e me contou que meu papai era bom aluno de matemática. Ih... eu não gosto muito de *mat*, prefiro ciências.

*****

Depois do telefonema de minha irmã Eliane, dirigi de São Paulo para Ilhabela em tempo recorde.

Kat estava no quarto dela com a tia assistindo a um vídeo.

Levei Barbara para a sala. E gritei:

— Que está acontecendo? Você é bem-recebida por nossa família e de repente ficou louca? Que história é essa de levar Kat com você?

— Calma, Heloisa, não seja melodramática. Vamos conversar. Falei com os advogados na Nova Zelândia e me disseram que não posso reverter a adoção. Mas ela já ficou com você por 11 anos, e como é minha neta tenho o direito de ficar com ela um pouco também.

— Kat não é um gatinho ou um cachorrinho. Ela é um ser humano — falei, zangada.

— Meu filho estava com demência quando deu a Kat para vocês — respondeu.

— Robert sabia muito bem o que estava fazendo. Ele não entregou a Kat para você, que era a mãe dele, pois sabia quão autoritária e ausente você foi na vida dele. Ele sabia que você não teria tempo entre suas rosas e o seu golfe para cuidar da Kat. Por isso nos escolheu para adotá-la.

— Você não tem o direito de falar isso de mim. Você mal me conhece.

— Sei o que seu próprio filho nos contou sobre a sua personalidade fria e calculista. Robert sofreu muito com a sua discriminação e total falta de apoio na época do casamento dele com a Jeanne. Por isso ele nunca lhe contou até quase a hora de morrer que ele era soropositivo.

— Isso não é verdade. Robert me amava. Mas essa conversa é sobre o meu direito de ficar com a Kat. Ela nasceu Taylor e não uma Schurmann. Eu vou cuidar dela direitinho. Darei os remédios e pronto.

— Você não tem ideia do que está falando. Não são somente os remédios que fazem a diferença. Para o tratamento da Kat viajamos sempre para os Estados Unidos a fim de consultar especialistas na área, fazer exames específicos, comprar novos remédios que ainda não são vendidos no Brasil. São psicólogos, fisioterapeutas, aulas de natação, vitaminas especiais, leites importados, tratamento para crescimento, aparelhos e sapatos ortopédicos. Como diz meu filho David: "Não se pode dimensionar tudo isso em dinheiro, porque a vida não tem preço."

Barbara não escondia sua surpresa. Me interrompeu e disse:

— Desculpe, Heloisa, eu não sabia de tudo isso.

— O amor não se mede quantitativamente por números e cifras, Barbara. Para me dedicar à Kat e a tudo de que ela precisa, eu tive que mudar muita coisa na minha vida. Você sabe qual o efeito que isso tem na minha vida pessoal e no relacionamento com meu marido e meus filhos?

"Sou muito feliz, pois tenho toda ajuda, amor, paciência e compreensão da minha família e de todos que amam a Kat e que formam uma corrente de apoio por ela.

"Barbara, os remédios da Kat têm efeitos colaterais terríveis, como dor de cabeça, diarreias, câimbras, perda de apetite, náuseas e dores na área abdominal. As minhas esperanças ao ver os resultados dos exames tão positivos quando ela toma um novo remédio desaparecem rapidamente quando ela adquire intolerância a esse medicamento.

"Eu faço tudo que posso por minha filha, sua neta, que eu amo e crio desde que ela tinha três anos. Se tivesse que recomeçar, faria com o mesmo amor e a mesma dedicação.

"Barbara, na realidade eu vivo duas vidas. A vida de Heloisa Schurmann e a outra vida, de mãe da Kat.

"Poupe-me você o melodrama, Barbara! Seu filho sabia que a Kat ia ser feliz, cheia de vida, entusiasmada e amada por todos nós. Quando ela estiver maior, poderá passar férias ou até mesmo seis meses com você."

Não esperava o abraço espontâneo de Barbara.

*****

Ih, Diário, deu a maior confusão. Minha mommy deu um piti com a Nana. Ela disse que a mommy e o daddy haviam me roubado do meu papai. Foi uma confusão, nunca tinha visto mommy tão braba assim, primeira vez que ouvi ela gritar. Me lembrei do Pedrinho, fiquei morrendo de medo que Nana me levasse embora. Sorte que tia Eliane me abraçou e ficou comigo no meu quarto. As duas ficaram falando até tarde. Mommy ligou para o daddy e contou o rolo.

Mommy me contou o que aconteceu, dormiu abraçada comigo e me disse "ninguém vai levar você para lugar nenhum. Você é minha filha". Eu ainda estava tremendo de medo.

Daddy chegou de São Paulo e Nana vai embora. Eles fizeram uma reunião na sala, com a porta trancada.

Nana veio dizer tchau, estava bem triste e me disse: "Quando você estiver maior, você vem visitar a Nana e passar as férias comigo?" Eu falei: "Ok, mas vai demorar porque eu cresço devagar."

Ela me deu um abraço bem apertado e foi embora.

***

Querido Diário, tenho uma novidade bem legal para lhe contar. Vou ser um dos cisnes no balé do fim do ano. Estou bem contente.

O Apolo agora nada na piscina comigo. A gente corre no gramado e, se a porta da casa está aberta, ele entra e faz xixi por tudo que é lado. A Luciene, a cozinheira, ficou bem braba com ele outro dia porque ele entrou na cozinha e roubou a carne do almoço, kkkkkk...

***

Fiquei doente com uma bronquite bem forte, e o médico mandou mommy me levar para tirar um raio X, eu estava com pneumonia. Não queria ficar no hospital, mas o médico disse que tenho que ficar e tomar remédio na veia. Me furaram umas dez vezes e acabaram achando uma veia no pé. Doeu muito e chorei montes. Mommy ficou superestressada, ela não pode me ver doente. Ela chorou também. Ela ligou para o daddy, mas ele estava velejando em Santa Catarina e não podia vir. Ela então pediu ao David para vir. Eu não queria ficar no hospital, não gosto.

Fiquei a noite toda, e mommy segurava meu pé, para a agulha não sair do lugar. Tia Beth chegou de manhã e ficou comigo enquanto mommy ia em casa comer.

David chegou com a Gabriela. Eu não estava sentindo nada, mas o médico não me deixou ir embora. Odeio hospital. Fiquei mais uma noite tomando remédio, e no domingo, depois de fazer o outro raio X, o médico me deixou ir embora.

Ele disse que eu tenho que ficar 21 dias em repouso, não posso nada: subir escada, ir ao colégio, nadar ou me cansar. Estou estudando em casa. Putz, parece uma prisão. Mas é melhor do que ficar no hospital. As meninas vieram me visitar, só uma por dia, e me contaram as fofocas.

David colocou um computador aqui no meu quarto, assim posso mandar e-mails para minhas amigas do meu quarto. Fiquei bem mimada e mommy não saiu do meu lado. Daddy chegou de Santa Catarina. Eu só podia ver o Apolo da janela e estava morrendo de saudade, aí o daddy trouxe o Apolo escondido da mommy para me visitar. Entreguei meus trabalhos a tempo, mas ganhei montes de falta. Ih... o diretor ficou bem chateado, mas mommy trouxe uma papelada para ele. Pensei que ia perder meu lugar no balé, mas tia Belle disse que eu era um cisne muito especial. Fiz os ensaios à tarde depois da aula, todos os dias.

***

No Dia dos Pais, Pierre veio para Ilhabela com Emmanuel e eu fiz um quadro para o daddy bem lindo. Almoçamos sushi e eu comi 12 duplinhas. Adoro!

***

Diário, adoro ficar em casa quando chove, lendo ou vendo vídeo no meu quarto. Meu favorito é o *Legalmente loira 1* e agora o 2. A mommy sempre me dá livros, cada um mais legal do que o outro. Só não gosto de *Harry Potter.* Não gosto de assistir TV, nada de violência, morte, essas coisas.

***

Querido Di, vou contar um SEGREDO bem GRANDE. Você sabe que até ontem eu dormia de calcinha-fralda? É que não consigo acordar para fazer xixi à noite. Mommy comprava fraldas especiais para mim nos Estados Unidos, umas bem bonitinhas. Minhas amigas não sabiam e eu nunca podia ir dormir na casa de ninguém. Quando fui para o acampamento a monitora do meu chalé guardava as calcinhas-fraldas trancadas no armário dela. Que querida. Aí mommy me deu um despertador e veio dormir no meu quarto. Ela me acordava no meio da noite e me levava meio dormindo para o banheiro, e eu zonza de sono fazia xixi. Ai, Diário, eu acordava tão cansada. Que sufoco ter que acordar no meio da noite. Sabe que deu certo, Di? Demorou mais de uma semana, mas acostumei a levantar com o despertador e a mommy nem precisava mais me arrastar para fazer xixi. Yuppeeeeee! Nós fizemos a maior festa, ela e eu!!!! Ela disse que agora eu já posso casar. Ela dizia que meu marido ia ter que trabalhar muito para comprar fralda para mim e para nosso neném. Muito engraçado...

***

Diário, estou bem feliz. O trabalho do ciclo da água, do meu grupo, ganhou primeiro lugar na feira de ciências do colégio. Foi d+ a apresentação, todo mundo sabia de cor o que falar, foi como um teatro. Mommy e daddy estavam viajando e foi David que foi na feira comigo receber o prêmio. Droga, fiquei outra vez doente. Mommy disse que era um herpes-zóster, só sei que doeu muito minhas costas. Eu tive que dormir de bruços no colo da mommy. Ai, que dor. Tomei muitos remédios. Já estou cansada de tomar vitaminas e estou sempre doente! Mommy disse que eu tenho que ter paciência. Perdi dez dias de aula e me atrasei nas provas. Vou ter que fazer no sábado.

***

Este fim de ano tive que estudar bastante, mas mesmo com faltas não precisei fazer provas e passei de ano DIRETO, yuhuuuuuuuuuuuuu.

FÉRIAS! Estamos no *Aysso* em Guarujá, no Iate Clube, e vou encontrar uma amiga que conheci na internet. Ela vem com a família aqui. Que legal a minha nova amiga Isabela. Ela é ginasta e é quase do meu tamanho. Ficamos amigas na hora e vamos conversar no MSN, que legal.

2004

Adivinha o quê, Diário? Mommy me tirou da escola. Isso mesmo! Esse ano vamos fazer uma viagem pela costa do Brasil no *Aysso* e eu vou estudar de novo por correspondência pela Calvert School. Yupeeeeeeeeeeeeeeeeeeeeeee, não vou precisar ir ao colégio! Vou sentir saudade do balé.

É que vamos refazer a rota de vinte anos da Família Schurmann no Brasil, e é bem legal que eu vou conhecer todos os lugares onde eles passaram quando eu nem era nascida.

Deu um rolo no colégio, pois eles disseram que não podia, senão quando eu voltar eu tenho que repetir o ano. Mommy disse "ela não é brasileira, ela é da Nova Zelândia, e pode, sim". Meu material chegou todo numa caixa bem grande. Livros, cadernos, apostilas, CDs, lápis e canetas. Vou estudar em inglês, os livros são lindos. Não sei onde vamos guardar tanta coisa no barco. Daddy disse "não vamos dar a volta ao mundo. Vai ser na costa do Brasil, e a gente pode comprar comida em todos os portos". Ah... então vamos guardar meus livros e cadernos no armário das cebolas e batatas? Encontrei um lugarzinho bem maneiro em um armário debaixo do meu beliche.

***

Diário, este ano vou fazer 12 anos. Abri uma conta para mim num banco. Eles até fizeram meu CPF.

***

Di, vendi minha casinha de boneca para o jardim de infância do colégio. Agora já tenho dinheiro para colocar na minha conta do banco.

***

Ai, Diário, lá fui eu para São Paulo porque eu tinha que fazer exames, mas dessa vez foi bem legal, tirando a parte do hospital. A médica disse que eu estava bem e que eu tomasse as vitaminas direitinho. Ganhei peso, mas cresci bem pouquinho. Agora não preciso mais ir a Miami no médico. Tem uma médica bem legal aqui em São Paulo.

Encontrei minha amiga Isabela e fomos ao parque de diversão no shopping com a mãe dela. Milagre a mommy deixar eu ir. Brinquei bastante, comemos hambúrguer com batatas fritas, delícia. Gosto da Bela, porque ela é do meu tamanho e é bem divertida.

No fim de semana estavam todos os meus irmãos e as namoradas e eles me levaram para comer sushi em um restaurante japonês que eu adoro. Mommy não gosta de peixe cru. Ela não sabe como é bom.

***

Bem, foi assim. A Família Schurmann tem um patrocínio para viajar na costa do Brasil, de Florianópolis a Fortaleza. Vou ficar oito meses no *Aysso* com mommy, daddy, David e outros tripulantes. Foi cansativo e muita confusão partir de Florianópolis, tinha TV e muita gente.

Mommy começou a me dar aulas e adoro que ela seja minha professora. Ela me ensina tudo divertido e rimos muito. Nem parece aula.

Diário, vou te contar um segredo. A melhor coisa de navegar é que ficamos juntas o tempo todo. Antes de dormir, brincamos de imaginação e inventamos muitas histórias malucas. Daddy também conta histórias para mim antes de dormir. Quando chegamos a Ilhabela, fui correndo para casa visitar o Apolo. Sônia cuida dele bem direitinho, mas me deu uma saudade. Tia Eliane e vovô Eddie estão aqui em Ilhabela.

No Rio, mommy me levou para conhecer a casa onde ela morava, em Ipanema, e fomos a todos os lugares. Fomos todos subir de bondinho até lá em cima no Cristo.

***

Di, aconteceu um acidente. Minha vitamina líquida derramou a metade quando o barco balançou, e mommy ficou muito chateada. Daddy tentou comprar nas farmácias, mas não tinha. Mom falou com a minha médica e David vai trazer de São Paulo semana que vem. Complicado isso que eu tenho...

*****

Quando saímos para nossa primeira viagem, minha maior preocupação, depois da educação dos meninos, era com a saúde. E se alguém ficasse doente a bordo? E como agiria no caso de um acidente? Meu irmão Paulo, que é médico, me deu aulas em um curso completo de primeiros socorros. Aprendi os mais diversos procedimentos de emergência, como reconhecer os sintomas, avaliar e tratar algumas doenças, dar injeções e fazer suturas. E eu tinha uma farmácia completa a bordo.

Nesses nove anos com Kat, estive em constante aprendizado, e minha antena ficava ligada 24 horas por dia. Aprendi a ter calma para não entrar em pânico em um acesso de tosse, febre, se tinha uma dor ou diarreia. Me ajudou bastante ter tido o treinamento inicial. Nunca consegui aplicar uma injeção ou mesmo dar soro ou medicamentos intravenosos para Kat. Para não perder meu norte me ajudou a prática de ioga e meditação.

*****

Ah... todo mundo ganhou telefone celular e eu fico jogando os joguinhos nele.

Diário, já lhe contei que a mommy é uma bruxa e faz as coisas acontecerem? Do Rio para Búzios ela estava sentada comigo na proa do barco e disse "eu quero ver uma baleia agora". Eu disse "ah, que ideia, uma baleia aqui". Aí estávamos comendo um sanduíche quando daddy gritou "baleia à vista!". E era uma jubarte grande que veio perto do barco e esguichou água bem alto. Ainda bem que a mommy é uma bruxa do bem.

Bem legal! O Emmanuel chegou em Vitória e vai conosco até a Bahia. Sabe o que ele me trouxe de presente? Um telescópio. Wow!

***

Fiz 12 anos, yuhuuuuuuuuuuuuu. Meu aniversário foi em Vitória e ganhei do daddy um Game Boy. Mommy me levou no shopping para fazer luzes no meu cabelo, a manicure pintou minhas unhas da cor do meu vestido novo. Cor-de-rosa, claro. Mommy me disse que meu presente estava em Ilhabela, que não cabe no *Aysso*. Assim não vale. Só pode ser uma bicicleta. Não gostei do jantar, que foi moqueca, mas foi um aniversário bem bom. Mommy chorou na hora que eu apaguei as velas do bolo. O que será meu presente?

***

O barco ficou em Vitória duas semanas e eu fui com a mommy para São Paulo fazer os exames. Ufa, não aguento mais tirar sangue. Um dia vou ficar vazia, sem sangue. Aí fomos para Ilhabela e, Diário, que SURPRESA!

Meu presente foi o meu quarto! Tia Eliane fez meu quarto rosa pink, com tudo novo! Ficou lindo! Nem acredito. Ela disse que entende de meninas e a mommy, de meninos. Muito engraçada a cara da mommy quando viu o rosa pink! Eu amei. Ai, que saudade que eu estava do Apolo. Eu fiquei o tempo todo com ele. Chegou também meu cartão de débito internacional do banco! Muito legal ter meu dinheiro. Terminei os testes e mandamos pelo correio. Ufa, um tempinho de folga.

***

Ai, Diário, estou com uma tosse que não para. Tomei já dois remédios e ainda estou tossindo.

Voltamos para o *Aysso*, fiquei bem feliz, o Luciano veio navegar conosco para Abrolhos. Fui pescar com o David, a Gabi e o Emmanuel. Não tivemos muito sucesso em nossa pesca. Acabei voltando para o barco e comendo batata e carne moída.

De manhã cedinho acordamos com o daddy gritando: "Baleias!" Nossa, que susto! Nunca vi tantas baleias assim. Fui com Emmanuel para frente, bem pertinho delas. Enormes. Tinha uma mãe com uma bebê bem lindinha. Luciano tirou fotos. Aí a mommy gritou: "Kat, vem pra cá, corre!" E ela me segurou bem apertada no cockpit. Daddy gritou pro Emmanuel se segurar firme. Diário, você não acredita. A baleia estava vindo direto em cima de nós. Eu vi os olhinhos dela bem pertinho, e aí ela mergulhou debaixo do barco e saiu do outro lado. Que susto. Luciano explicou que ela estava achando que a gente ia pegar o filhote dela e que era melhor a gente se mandar. Daddy saiu rapidinho com o *Aysso* dali e fomos embora.

David armou o telescópio, e Emmanuel e eu tentamos ver as estrelas. Mommy mostrou no céu e olhamos no telescópio. Mas o barco balançava muito e ficava difícil.

Abrolhos foi muito massa. Bernadete, uma bióloga que trabalha na ilha, nos levou para visitar o lugar onde estão os pássaros, eu amei ver os pequenos sem penugem, ainda se protegendo debaixo da mãe. Nadei, fiz snorkel e vi uma moreia de boca aberta bem pertinho de mim. Diário, num dia vimos um monte de bichos: uma baleia jubarte nadando ao lado do *Aysso*, uma tartaruga e os fofos dos golfinhos! O que mais gostei foi de visitar o farol. Ainda bem que minhas pernas estavam fortes. A escada era estreita e em caracol, a gente contou 73 degraus até onde estava a luz do farol. Aí, Diário, eles me pediram para ligar o farol. Daddy me colocou no colo e eu liguei a tomada e a luz acendeu. Que lindo!

Entrou uma tempestade e choveu dois dias. Mommy não me dá folga das aulas. À noite, jogamos baralho e Jogo da Vida.

***

Querido Diário, nem escrevi até a gente chegar aqui em Salvador, pois o mar estava muito ruim, com ondas altas. O Emmanuel enjoou e eu fiquei deitadinha lendo um livro bem legal, conta a história de um porquinho, o Wilbur, amigo de uma aranha chamada Charlotte. Chama *Charlotte's Web*. Não sei o nome em português.

Bem estranho andar em Salvador, muito calor e cheio de ladeiras. Ainda bem que tem um elevador para não ter que subir ladeira. Muita coisa legal, capoeira, candomblé. Todo mundo foi embora e ficamos só nós, daddy, Emmanuel, mommy e eu. Fomos para Itaparica tomar banho de mar num lugar que parecia um aquário, cheio de peixes e estrelas-do-mar. Na praia, a gente tinha que caminhar olhando o chão para não pisar em milhões de pequenos caranguejos, que corriam que nem formigas entre os nossos pés. Ah... aqui deu para a gente ver as estrelas no telescópio e mostrei para o Emmanuel as Três Marias.

A mommy levou Emmanuel e eu para comer no restaurante de comidas baianas. Eu gostei de acarajé e macaxeira. Emmanuel e ela comeram bobó e moqueca, argh.

***

Oi, Diário, até na Bahia tenho que fazer exames, que chato. A Mommy encontrou um médico amigo e fiz meus exames, tomei a globulina e não precisei ir para São Paulo. O médico me disse que a globulina me faz ficar forte e não me deixa ficar doente.

***

Diário, Pierre chegou para passar o fim de semana e para levar Emmanuel embora. Que pena.

***

Só hoje deu tempo para contar a correria em Recife. Vamos fazer uma regata até Fernando de Noronha!

Wow! Dei entrevista na TV e falei de como eu gosto muito da natureza, dos golfinhos, das baleias, mas fico triste com o lixo no mar. Conheci a Brenda aqui no Cabanga Iate Clube, brincamos e vamos para a piscina. Mommy disse que agora estamos de férias, ela e eu. Adivinha quem chegou? Pierre, David, Gabriela, Wilhelm, Luciano, Michael e Warren, que é da minha terra. Di, já te contei que eu nasci na Nova Zelândia? Ele é amigo do David e do Wilhelm desde quando os dois eram pequenos. Legal, né? O *Aysso* vai afundar de tanta gente. Nunca corri uma regata, na largada todo mundo grita, fala, faz manobra, que bagunça, mas no mar as coisas ficaram mais calmas e dormi direto. *Tou* bem feliz que todos meus irmãos estão aqui. Ajudei a mommy na cozinha, ela já tinha feito os sanduíches e eu fui entregando para a tripulação. Velejamos duas noites e chegamos quase de manhã em Fernando de Noronha. Acordei com os berros dos meninos. "Estamos chegando!" Linda a ilha. Mommy, pra variar, tirou fotos o tempo todo. Você sabe, Diário, qual o apelido dela? *Paparazzi*.

***

Diário querido, nem deu tempo de contar que legal que foi aqui em Fernando de Noronha. O *Aysso* ganhou a regata e adivinha quem chamaram para entregar os prêmios? Eu! Foi d+. Tive que subir no palco e dar os prêmios para os campeões da regata. Quando veio a família Schurmann, eu já estava lá. Muito massa.

Foi muito legal passear pela ilha de *buggie* com a mommy quando daddy e os meninos estavam mergulhando. Fomos a cada praia linda. Putz, acabou minha boa vida. Tenho deveres e provas para terminar. Fui fazer snorkel com daddy em uma praia que parecia uma piscina e vi um polvo bem pertinho. Todo dia vou fazer snorkel e nadar aqui em volta do *Aysso* com meus irmãos.

Ontem fomos de bote até o lugar onde moram os golfinhos. Eles vieram me ver e eu quase podia tocar neles na frente do bote. Ai, Diário, eu amo os golfinhos.

Mas a melhor coisa que aconteceu foi que eu fiz um batismo de mergulho. Rafael, o instrutor, primeiro me ensinou como mergulhar. Fora d'água, lógico. Aí arranjou um minicilindro de mergulho e me levou para o meu batismo. Diário, nada a ver com snorkel. Eu amei ir ao fundo do mar e vi um tubarão do meu lado. Quando saí, a mommy estava nervosa porque eu fiquei trinta minutos debaixo d'água. Ela é assim, Diário, me anima para fazer aventuras e fica toda preocupada comigo. Não entendo.

Todo mundo foi embora e nós vamos velejar até Fortaleza.

***

Ai, Diário, saímos de Fernando de Noronha e fiquei muito mal, com uma dor que nem podia mexer o pescoço. Fiquei bem quietinha no meu beliche quase a viagem toda, nem engolir minhas vitaminas eu consigo. Mommy para variar fica estressada, e ela e daddy tiveram uma briga. Não posso escrever mais de tanto que dói.

***

Diário, estou em São Paulo. Viemos mommy e eu direto de Fortaleza para o hospital. Estou com caxumba nos dois lados, sabe o que é isso? CAXUMBA. Tenho que ficar de repouso e nem vamos para Ilhabela. Mommy e eu ficamos aqui no hotel. Queria tanto ir ver o Apolo.

***

DIÁRIO, A MOMMY ME CONTOU A COISA MAIS HORRÍVEL DA MINHA VIDA. EU TENHO HIV! Não acredito, Diário, que triste. Ai, Diário, estou com muita vergonha. Foi assim, eu reclamei para a mommy que eu sempre fico doente, tomo um monte de vitaminas, sempre com essas coisas, herpes, não poder ir pra aula quando tem catapora, montes de exames, essa tosse que tenho sempre, bronquite, sei lá, uma doença atrás da outra e agora caxumba. Mommy me sentou no colo, me abraçou bem juntinho dela e começou a falar bem calminha.

Ai, Diário, fiquei chocada e com tanta vergonha. Por que eu nasci com essa doença? Mommy sempre me falou que tinha uma coisa pra me contar sobre minha saúde, mas eu não sabia que era isso.

O que eu vou fazer, Diário? Mom me disse que era um segredo da nossa família, meus irmãos, e que nem amigos como a tia Beth sabem. Só a tia Eliane e o vovô Eddie. Nem meus tios, ninguém sabe.

Ai, Diário querido, eu não parei de chorar. Por isso quando eu ia no hospital ficava sabendo das outras crianças que morreram. Mesmo a Marininha, que era tão minha amiga.

Não entendo, pois sempre fico doente... Ai, Diário, me deu um estalo na cabeça, então foi disso que meu papai morreu também, aiaiaiaiai, que triste.

Tinha montes de coisas que eu queria saber, se eu vou ficar menstruada, se vou poder ter filhos, se eu posso ter namorado, se ela, o daddy e meus irmãos não podiam pegar de mim.

Ai, Diário querido, nem sei como não morri de tristeza. Mommy não me largava do seu abraço. Ela me disse que eu dei a volta ao mundo, sou inteligente, eu faço tudo que as outras meninas fazem, que eu sou muito especial, tenho uma vida superlegal, que todo mundo me ama e que minha família é muito orgulhosa de mim. Me deu uma peninha da mommy, ela me abraçava e dizia toda hora: "*I love you my princess.*"

*****

Será que existe medo maior do que a pior das tempestades? Existe. Foi quando tive que contar para Kat que ela tinha o vírus HIV. Pensei muito ao escolher as palavras, abafei o som do meu coração batendo forte e me armei do mais amoroso dos meus abraços para aninhá-la em meu peito.

Enfrentar uma tempestade requer coragem. Enfrentar sua filha de 12 anos quando ela te pergunta sobre a sua doença, se ela vai morrer, demanda mais do que coragem.

— Kat, lembra que eu te contei que sua mamãe morreu num acidente de automóvel?

— Lembro.

— Na verdade foi ali que ela começou a morrer.

— Como assim, mommy, minha mamãe começou a morrer?

— Você sabe o que é HIV/aids?

— Sei, é aquela doença que se pega quando alguém faz sexo sem camisinha ou quando usa droga com agulhas.

— Isso. Também se pega algumas vezes por transfusão de sangue. Sua mamãe recebeu algumas transfusões na operação do acidente e o sangue estava com o vírus.

— Eu nem era nascida.

— Ela e seu papai nunca souberam disso. Por isso você nasceu também com HIV. Eles só souberam quando você tinha um ano. Eles te amavam muito, minha princesa.

Tive que parar, pois a emoção não me deixava falar.

Sua primeira reação foi de muita vergonha. Depois, de medo. Ela queria saber se ia morrer da doença. Demorei a responder de tanto que eu chorava.

Aos poucos, fui contando sobre o tratamento e como era importante tomar as "vitaminas" (remédios), que estavam ajudando muito.

Tranquilizei Kat e respondi a cada uma de suas dúvidas, principalmente que não se pega o vírus por abraços, beijinhos ou por usar o mesmo banheiro. Reforcei o fato de que ela não tinha que ter vergonha de ter nascido com o vírus, pois a mãe dela, que a amava muito, não soube até muito depois que ela nasceu.

A noite inteira entre períodos de conversa, muitas pausas e lágrimas, Kat foi ficando mais calma. Ela queria saber se a dificuldade dela de andar e o fato de não crescer faziam parte da doença.

— Mom, imagina como a minha mamãe sofreu.

— Não, meu amor. Ela estava em coma e nada sofreu.

— Mommy, ela sabia que estava doente e ia me deixar. Ela sofreu, sim.

Abracei ainda mais forte a minha princesa.

*****

Di, acabei dormindo com o sol entrando na janela e nos braços de minha mommy. Eu pedi a ela para não contar para o daddy e meus irmãos que eu sabia do HIV. Eu mesma quero falar com eles.

Ainda bem que eu não sabia antes, agora tenho que ficar mais ligada. Entrei na internet e descobri um monte de coisas. Fiquei bem assustada.

***

Diário, hoje voltei na médica e ela disse que já estou boa para ir para Ilhabela.

Eu disse para ela que não precisa mais me mandar pra fora da sala porque eu já sei que tenho HIV, e perguntei para ela se ia morrer da doença. Ela me disse que tem pacientes hoje com vinte anos que nasceram assim também. Muitos pacientes dela que estão há muitos anos vivendo com o HIV. E que tenho que tomar os remédios. Ah, as minhas vitaminas, na verdade, são remédios!

***

Diário, minha cabeça está a mil. Nem voltamos para o barco, a mommy e eu. Já acabou a viagem de vinte anos e estou quase acabando a minha escola por correspondência. Ai que bom voltar e ver o Apolo. Brinquei com ele bastante.

***

Oi, Diário, daddy deixou o barco em Recife e chegou ontem. Aí ele foi me colocar na cama e me contar uma história. Aí eu falei para ele que eu sabia que tinha HIV. Ele queria saber quem me contou e depois me disse que ele me amava muito e que eu era muito corajosa sempre no barco e que não fazia nenhuma diferença ter um vírus.

Diário, eu ouvi, depois que ele foi para a sala, que ele ficou brabo porque a mommy não contou para ele. Mommy disse que, quando um filho pede segredo, ela não conta nada. Que encrenca!

Sabe, Diário, já estou tão acostumada com as vitaminas, nunca vou chamar de remédio, senão todo mundo vai querer saber mesmo por que tomo remédio. Pensei no que a mommy disse, e é verdade. Não vou nem ligar que tenho HIV, a não ser quando tomar as vitaminas e quando tiver que ir ao médico.

***

Oi, Diário, vamos para Santa Catarina, e antes contei para o David que eu já sabia o que tinha e ele disse "ok, não muda nada", e que me ama muito.

Wow, Diário, aqui em Bombinhas foi bem legal, conheci uma ministra de verdade, a Marina, do meio ambiente. Ela veio inaugurar o Parque Ambiental e o instituto para proteger a natureza que a Família Schurmann fez. Muito massa. Nós conversamos e ela já viu boto-cor-de-rosa no Amazonas, mas nunca viu um peixe baiacu inchado. Tinha montes de gente, e meus irmãos estavam todos lá com mommy e daddy. O parque é bem grande e fica na beira da praia. É massa, tem trilha, bastantes árvores e um auditório para a gente ver filmes. Mommy me levou na tia Márcia porque estou com tosse outra vez.

Minha amiga Isabela está passando as férias aqui e fomos à praia juntas. Eu não posso ficar muito no sol, mas a água do mar estava boa. Está muito calor, ufa.

***

Querido Diário, que bom que minha família é bem maluquinha. Sabe onde vamos passar o Natal? No hotel-fazenda lá na serra do Rio do Rastro, no alto da montanha.

E vão todos os meus irmãos também! Yuhuuuuuuuu!

***

Diário, essa semana nem deu tempo de escrever. Mas vou te contar rapidinho o que aconteceu. Subimos uma estrada cheia de curvas e lá bem em cima chegamos ao hotel-fazenda. Tinha montes de coisas para fazer, tirei leite da vaca, ui, que nojo pegar nas tetas, peguei ovos no galinheiro, soltei pipa, fiz trilhas. Cada hora alguém inventava uma coisa para fazer. Um dia fomos todos andar a cavalo. Sabe, Diário, adoro andar a cavalo. Fui na garupa do Wilhelm, bem legal. Lá de cima dava para ver o mar lá longe. À noite jogamos cartas, bem divertido ficar com meus irmãos, daddy e mommy. Na noite do Natal foi d+. Tinha uma árvore grande, fizemos amigo invisível e ganhei mesmo assim presentes de todo mundo. O pior é que estava gelado e nem parecia verão. O pessoal do hotel até ligou a lareira. Nas noites depois do Natal jogamos cartas e bingo. Uma noite eu ri muito dos meus irmãos cantando karaokê. Aí daddy veio chamar urgente para ver uma coisa horrível. Um tsunami na Indonésia. Ai, Diário, eu fiquei muito triste, nem queria olhar. O mar invadiu e levou casas, barcos, carros e gente. Ai, Diário, por que acontecem essas coisas ruins? Conversei com a mommy até tarde, pois não conseguia dormir.

*****

Kat assistia pouco à tevê, gostava de seus vídeos e seu som com os fones de ouvido. Ela nunca gostou de violência ou de sons altos. Ela ficava muito agitada e não gostava de que falássemos de morte. Fui criticada por algumas pessoas que me diziam: vocês a estão criando num mundo de fantasia, ela tem que encarar a realidade da vida, mas elas não sabiam que a vida de Kat era outra realidade.

2005

Diário, depois do ano-novo fomos para Bombinhas, no instituto, ver como estava funcionando. É legal a gente ajudar a natureza. As pessoas jogam lixo na rua, no mar, e o plástico é o pior, pois mata os golfinhos e as tartarugas. Brinquei muito na praia, e tivemos que ir pra Ilhabela para eu voltar para a escola.

***

Meu querido Diário. NOVIDADE. Mommy me mudou de colégio! Minha amiga Pérola e mais outras duas estão no mesmo colégio que eu vou. Eu queria estudar em casa, acho bem mais legal, mas mommy disse que é bom ter amigas na escola. Ai, Diário, mommy estudou comigo uma semana para eu fazer as provas. Eu nem fiquei nervosa e passei direto e nem perdi o ano. Legal, né? Ana, a diretora, foi bem legal e a mommy falou com ela que eu tenho HIV e que era SEGREDO. Ela disse: "Não tem problema."

***

Ganhei esse Diário novo, sem chave, mas comprei uma caixinha com cadeado para você ficar guardado. O colégio fica mais longe e tenho que ir de manhã, às 7h30. Detesto acordar cedo, aiaiai...

Diário, sento na primeira fila, porque agora estou usando óculos, não consigo enxergar direito de longe.

Tem umas meninas bem metidas, se acham só porque são mais altas e usam sutiã. Elas vão a festinhas de dançar, mas nunca me convidam. Tem um menino lindo, o Pedro, que é um gato. Humm. Uma menina que se chama Luana quer ser minha amiga. Ela não liga que eu seja baixinha, parecendo uma menininha.

Minhas aulas de natação mudaram para a tarde. Mommy me colocou na ioga e adivinha? A professora Li vem aqui em casa. Ganhei um tapetinho e até roupa especial. Daddy está trazendo o *Aysso* de Fortaleza e tem que ser aos poucos. A mommy vai fazer palestras com ele e agora a nova cozinheira é a Neila, que faz bastante comida gostosa. A nova acompanhante que dorme aqui é a Mônica, bem querida.

Diário, no colégio as professoras são diferentes, uma para cada matéria. E tem muito trabalho de grupo. Ai, estou numa encrenca na aula de educação física. Não quero fazer jogos, pois não posso correr, e ontem até caí. Vou falar com a diretora para me dispensar. Assim aproveito para fazer os deveres na escola e fico livre em casa, kkkkk.

Ih, Diário, agora tem na casa também a Kamila, que cuida do escritório. Ela é muito legal e calminha. Ela está me ensinando a mexer no computador, ela é bem legal. Tem trabalho de grupo toda semana e todo mundo vem aqui, Diário, porque nossa casa tem escritório e a gente tira cópia, imprime e nossos trabalhos ficam bem bonitos. Assim a gente ganha nota boa.

***

Diário, não vou conversar muito com você hoje porque essa semana eu tenho um monte de provas. Hoje teve prova de inglês, mas nessa eu sou fera! Aí depois vem matemática, história, português, ciências e geografia.

Sabe, Diário, estou bem chateada, algumas das minhas amigas nem me convidaram para a festa de aniversário delas. Elas estão umas chatas, só falam em meninos e namorados. Eu não conto para ninguém, mas eu gosto do Lucas e ele nem liga para mim. Um saco, ninguém quer brincar de boneca mais. Só a Sue vem brincar comigo. A gente assiste vídeo juntas. Meu favorito, *Legalmente loira*, eu já assisti tanto que já sei de cor.

***

Meu Diário, a Mônica não tem paciência de colocar o meu remédio que nem a mommy faz, um pouco de líquido de cada vez na cápsula. Ela disse que eu sou fresca, que a "vitamina" não é tão ruim assim. Aí eu dei uma colher cheia para ela experimentar. Aiaiaiaiai, se a mommy sabe. Depois que ela engoliu, riu de mim e disse que não tinha gosto ruim. Que eu era mimada. Aí, Diário, dois minutos depois ela estava tomando água e quase vomitando, gritando: "Ah, que gosto horrível, parece veneno." Viu só como não sou fresca?

***

Oi, Diário, essa vez quando fomos para São Paulo, mommy e eu visitamos um lar de crianças de rua, eu juntei e levei roupas, minhas bonecas grandes, menos a Ely, e dei todas para as meninas. Uma abraçou a boneca e me deu dois beijinhos e disse que era a primeira boneca da vida dela. Sabe, Diário, eu sou muito sortuda, mesmo tendo HIV. Eu tenho uma família bem legal e uma mommy que é d+. Eu sei que não nasci da barriga dela, que sou filha do coração, mas eu amo muito a mommy, o daddy e meus irmãos.

Minha professora de ioga é bem calminha e eu estou gostando bastante. Ela está me ensinando agora duas vezes por semana. Aí eu estou fazendo natação três vezes. Beth está me treinando bastante. Bem ocupada minha vida.

***

Ai, Diário, o Lucas foi embora de Ilhabela, ele só vem agora nos fins de semana.

Diário, já chorei um montão. E pior é que a mommy ainda não chegou de São Paulo. Ontem eu peguei um sutiã dela escondido e vesti para ir ao colégio. Nossa, Diário, as meninas riram de mim, me chamaram de baixinha, de tábua e que eu não preciso de sutiã porque não tenho nada para colocar dentro dele. A Luana, a nova menina, ficou braba e xingou elas todas e me levou na sala da diretora para eu ir para casa. Que mico. Ai, que bom que a mommy chegou. Ela não pode me ver triste e eu tive que contar o que aconteceu. Ela nem ficou braba comigo. Aí fizemos uma coisa bem legal à noite. Eu peguei o meu caderno, o livro das estrelas, a bússola e o meu telescópio e fomos olhar as estrelas. Ficamos até quase a meia-noite, amanhã é sábado. Agora eu vou dormir.

***

Ai, Diário, eu disse que a mommy era legal, né? Pois então, ela me levou em um médico novo que vai me fazer crescer. Ele se chama Osmar e me mediu, tenho 1,28m com 12 anos. Ele explicou direitinho que eu vou tomar um hormônio de crescimento. Eu mesma tenho que me dar uma injeção na barriga todas as noites. Aiaiai, odeio injeção. Ele disse que eu vou crescer pouco porque minha mamãe era pequena. Yuppeeeee! Vou crescer!!!

Depois do médico a mommy fez uma surpresa para mim. Me levou em uma loja no shopping e sabe o que ganhei? Um sutiã do meu tamanho. Aliás, dois. Bem lindinhos, um de flores e o outro cor-de-rosa. Agora estou igual àquelas metidas que empinam os peitos!

Diário, agora minha melhor amiga é a Luana. Ela adora brincar com as minhas bonequinhas que têm casinha, carro, roupinhas, e ela e eu ficamos horas brincando. Ela também gosta de correr com o Apolo e nadar. Fazemos bijuterias e vendemos bem. A gente se diverte muito e eu estou ensinando inglês para ela.

Adoro quando o daddy está em casa para brincar de pegar e de tubarão na piscina. Daddy também me leva na garupa sempre que estou cansada.

***

Meu Diário, hoje faz um mês que comecei a tomar as injeções. E adivinha? Nem dói tanto assim, pois eu tomo na gordurinha da barriga e nem sinto. A mommy disse que ainda bem que eu sei fazer isso, pois ela não teria coragem de me dar a injeção. Na minha sala a Beatriz é diabética e toma injeção também.

***

Diário, hoje eu fiz uma LISTA DE PLANOS.

1. Cuidar do Apolo
2. Fazer exercício
3. Estudar mais matemática
4. Cuidar do meu corpo
5. Fazer mais amigas na escola
6. O Pedro morreu para mim, ele já era
7. Ver o Lucas neste ano de 2005
8. Mostrar para aquelas metidas que eu sou capaz
9. Economizar dinheiro pra chegar a mil reais no banco
10. Crescer bastante

Minhas notas em todas as matérias estão boas. Menos matemática.

***

Ai, Diário, a mommy nem deixou eu escrever ontem para eu dormir cedo. A Luana dormiu aqui, e fomos cedinho para uma aventura com daddy de carro levando o Apolo até Castelhanos, no outro lado da ilha. Uma estrada bem ruim, e com o Apolo latindo foi um sufoco. Mas a praia é bem linda e almoçamos lá. Bem gostoso. A mommy me deu banho de repelente porque tem muito borrachudo, mesmo assim eles me picaram na orelha.

***

Ai, Diário, nunca tive amiga tão legal como a Luana. A mãe dela não deixa ela ir no barco, mas ela dorme aqui no fim de semana. Fizemos um teatro e uma dupla para cantar. E sabe quem chegou de surpresa? O daddy e o Wilhelm com um amigo. Fizemos um show para eles e eles pagaram um real a entrada. Ganhei dois pôsteres da Avril Lavigne e colei na parede do meu quarto. Amo as músicas dela, tenho todas e escuto direto no meu walkman.

***

Hoje a mommy foi me buscar, eu pedi a ela para me tirar do colégio. Chorei muito, sabe por quê, Diário? Os meninos estavam na porta da sala e um colocou o pé na frente na hora que eu estava passando, e eu caí no chão. Sabe o que ele falou? Levanta, aleijadinha, se machucou? E eles riram de mim. Não quero mais voltar para o colégio. Mommy me disse que eu tenho mais coragem do que esses meninos, que, se andarem em uma tempestade, morrem de medo. Mesmo assim não quero ir mais à aula.

***

Hoje eu fiquei muito feliz, porque quando acordei tinha um recadinho da mommy:

Roses are pink
Violets are blue
All the time I think
Of my love for you
Mom

Ah, Diário, sabe qual foi a nota da prova do livro? 8,5! E tirei 10 pela participação! Eba!!! Ah, esqueci... já estamos na apostila do 2º bimestre. Agora eu vou dormir e sonhar com o LUCAS... Acabei pegando no sono e esqueci de tomar a injeção. Minha mãe me acordou no meio do meu sonho, eu fiz a injeção e... zzzzzzzzzzzzzzzzzzzzzzzzzzzz. Daddy chegou e eu ganhei uma blusa rosa e uma calça azul-marinho!

***

Oi, Di. Desculpa ter te abandonado nesses últimos dias. É que eu estou passando muito mal ultimamente! Nem fui para a escola. Bom, novidades. O Emmanuel chega na terça-feira. Eu vou para a Inglaterra dia 19! Mommy comprou pela internet quatro DVDs e 2 CDs da Avril... Mas agora eu estou atolada de lição!

***

Oi, Di! Arrumei minhas malas! Chegamos a São Paulo e fomos direto ao médico do crescimento. Diário, você acredita que eu cresci 1 cm??? Fiquei muito feliz. Nós fomos ao restaurante japonês. Comi até não aguentar mais. Boa noite!!! Amanhã vamos viajar. Boa noiteee!

***

Oi, Diário! Eu não tive tempo ontem de escrever em você! Ontem nós saímos de casa com as MALAS! Fomos para o aeroporto e mom, daddy e eu embarcamos. Sabe para onde vamos, querido Diário? P-A-R-I-S. Depois vamos para a Inglaterra e vamos ficar no navio-escola da Marinha, o *Cisne Branco*. Ele é muito lindo! Nossa família foi convidada para velejar da França até a Inglaterra para as festas dos duzentos anos da Batalha de Trafalgar. Como vou faltar aula, a diretora disse que não vou fazer as provas, mas tenho que fazer um trabalho sobre a viagem. Moleza.

***

Tinha um menino tão bonito no banco da frente no avião. O nome dele era Luís Felipe! Torre Eiffel, aí vou eeeeu!

***

Oi, Di! Bom, chegamos em Paris. O hotel é do tamanho do meu quarto. Suuuperpequeno. Dormimos, e à tarde fomos para o nosso destino: a torre Eiffel. Pegamos dois trens até o centro de Paris. Procuramos a torre e nada. De repente nós viramos a esquina e ela estava lá! Antes de subir nós comemos uma coisinha. Que batata ruim!! Só comi o bife, porque aqui não tem arroz. Que emocionante subir a torre Eiffel! Nossa, que demais!!!

Depois nós pegamos uma balsa, num rio chamado Sena. Eu pensei que ia ser chato, mas não foi. Aprendi um monte de coisas! Eu vi uma ponte que foi construída em 1600 e é chamada de Ponte Nova. Fomos visitar a igreja de Notre-Dame e o Museu do Louvre, onde estão a Mona Lisa e muitas outras coisas! Depois nós comemos e fomos de volta para o hotel. Ah, aqui no quarto não tem ar-condicionado! Boa noite.

***

Oi, Diário! Hoje nós pegamos o ônibus para ir à estação de trem. Depois de quase três horas de viagem num trem-bala, nós chegamos em Bordeaux.

Chegamos no *Cisne Branco* às cinco e meia da tarde. Depois nós fomos jantar. HOJE É O NIVER DA MOMMMY!!!!!!!!!!!!!!!!!!!!! Boa noite!

***

Oi, Diário! Bom, hoje nós saímos de manhã e fizemos um tour pela cidade. Foi bem legal. Depois a gente foi almoçar. Nossa, a mommy é demais! Ela conseguiu atum fresquinho para mim! Nossa, hoje o daddy estava num ânimo para comprar! Ele comprou uma blusa, um suéter, um par de sandálias, um monte de cartão-postal, além das coisas que ele comprou para a mommy. Ela me deu um short rosa e um bermudão bege! Eu adorei. Depois nós voltamos para o *Cisne Branco* e participamos da partida, que foi bem legal. Boa noite!

***

Oi, Di!

Hoje eu acordei enjoada. Aí a mom me deu um remédio e eu fiquei melhor à tarde. O pessoal aqui é bem legal. À noite teve uma sessão pipoca. Me enchi de pipoca! A comida aqui não é a que eu gosto, mas se não comer morro de fome! O ar-condicionado da cabine é gelaaaaaaaaaaaaaaaaaaado!!! Boa noite.

***

Oi, Diário! Hoje não estou enjoada!!! Já escrevi dois cartões-postais e brinquei com as minhas bonecas. O daddy subiu no mastro até a última ponta. O comandante Vinicius mostrou o *Cisne* inteiro para mim e para a mommy. Um dos marinheiros me deu um colar como a mais nova tripulante! Boa noite!!

***

Oi, Diário! Hoje finalmente chegamos a Portsmouth. Aqui vai ter uma festa para celebrar os duzentos anos da Batalha de Trafalgar. Vimos bastantes barcos! Olha que demais. O *Cisne Branco* passou perto do barco real e vi a rainha Elizabeth bem pertinho. Já escrevi cinco páginas do meu trabalho da escola.

***

Oi, Diário! Comecei a escola! Mas agora eu sou mais amiga da Luana, só que ela faltou hoje! Eu estou com um pouco de tosse. Estou no recreio agora! Que tédio! Ah, quase esqueci! A Kamila comprou um kit completo para eu fazer bijuterias. Demais, né? Gente, os meninos são loucos: ligaram o ventilador. Brrrrr, e eu estou com tosse! Começou a aula de ciências. Ai, Di, os meninos seguraram as carteiras encostadas juntas e eu não pude sair da sala. Por que eles fazem isso comigo? O David falou que, se eles se meterem comigo, ele vem ao colégio e aí eles vão ter que ver como meu irmão me defende. Tchau!

***

Oi, Di, fiquei com bronquite e tive que ficar em casa duas semanas. Que saco. A mommy trouxe a Jéssica, de 15 anos, para me ajudar nas matérias atrasadas. Ela me explica tudo bem direitinho e nós ficamos brincando depois.

Ainda bem que fiquei boa. Você não sabe, Di. Fui ao show da Avril Lavigne em São Paulo com David e Gabriela. Que d+, dormi lá depois do show. Fiquei feliz de ver a Avril e eu sabia todas as músicas que ela cantou. Ninguém da minha classe foi ao show.

***

Diário, você não acredita o que aconteceu hoje! Na escola, todo mundo tinha certeza que a professora Mariana não vinha. Quando a gente estava guardando o material para ir brincar, ela apareceu na porta e pediu para a gente copiar toda a prova, e se a gente tivesse alguma dúvida era para consultar a apostila. Aí enquanto a gente ficou copiando a prova, ela estava de papinho com as meninas da 8ª série. Um absurdo, né? Em casa a tia Beth chegou e nós brincamos de amarelinha e tomamos um lanche. Depois a Lu chegou. Aí patati-patatá... aí eu contei para ela que tomava injeção. Bom, meus pais chegaram de viagem e eu vou dormir.

***

Esqueci de contar. Quando fui ao médico em São Paulo, tinha uma menina mais burra do mundo. Ela tem 14 anos, está grávida e tem HIV. Ela disse que eu era muito nova para entender o que era transar, hahaha. Ela pegou o vírus assim, transou sem camisinha. Eu nasci assim, não tenho culpa de ter o vírus, mas pegar do jeito que ela pegou é ser muito burra. E ela me disse que vai tomar os remédios e vai ficar boa. Muito sem noção. Burra, burra, burra.

Boa noite, Di.

***

Oi, Diário, adoro quando o David vem, porque ele faz churrasco bem gostoso. Nesse sábado, os pais de Lucas vieram com ele e o irmão e ficamos na piscina. Eu estava tão feliz, mas ele me tratou como uma criancinha. Mas não faz mal, eu vou crescer, arranjar um namorado bem lindo e nem vou olhar para ele.

Ih, Di, o Apolo saiu do canil e fez uma bagunça na piscina pegando todas as camisetas, toalhas, e foi bem divertido todo mundo correndo atrás dele. Ele já teve três treinadores, mas ele não obedece e vive fugindo se alguém abre a porta. Eu converso muito com ele. Falei com a Luana que eu uso sutiã e ninguém olha para mim. Aí ela disse: "Eu uso sutiã e ninguém olha para mim." Caímos as duas na gargalhada. Minha amigona, a Lu.

***

Oi, Diário! Hoje à noite Lu e eu fomos falar com a mom sobre menstruação. É que a Lu está com cólicas e não sabia nada disso. Foi D+ a conversa!!! E agora emprestei um livro que a mom me deu para ela saber de tudo. Até eu aprendi. A mom falou para ter um absorvente numa bolsinha e deixar na mochila dos livros. Assim, se ficar menstruada no colégio, já tem absorvente. Ela disse também para no início anotar de quanto em quanto tempo a gente fica menstruada. Sabe onde vou anotar? Aqui em você. Vou dormir, tchau. Olha o absorvente que colei na outra página.

Que bom que a Jéssica está trabalhando direto aqui em casa agora, Diário. Ela está digitando o livro da mommy. Ela ficou minha amiga e às vezes brincamos juntas. Também, se eu tenho dúvidas na escola, ela está aqui.

***

Oi, Di. Já está quase terminando o ano. Hoje eu tive prova de português. Estava um pouco difícil! Estou aqui na sala esperando sair as notas. Deixe-me ver se tem mais novidades... Calma aí, Diário, a professora vai dar a parcial das notas. Tchau!

***

Oi! Voltei. Bom,

Vou tirar no máximo seis! Tudo bem. Agora é a aula da Lena. Ai, e olha que eu não fiz todas as lições. Quanto será que eu tirei na prova dela? Eu vou lá ver e já volto... Voltei. Ela ainda não corrigiu. Está corrigindo agora... Que ansiedade! A professora fez escova, eu disse que ela estava bonita. Mas não disse que não combina com ela. Hahahahahahahahahahahahaha. Vou fazer a lição de artes...

***

Não vou, não! Estou com preguiça. Saiu minha nota: 6,05! Humm. Ainda bem que tenho notas boas dos trabalhos. Ai, tomara que eu passe de ano direto. Mommy me deu mil beijos quando fomos buscar o boletim. Passei direto!

***

Querido Diário, a Luana ficou de recuperação e a mãe dela não deixa ela vir aqui mais. Aiaiaiaiai.

Nosso Natal foi em São Paulo, no apartamento do David. Foi bem legal. Gabriela me levou no cabeleireiro e fiz luzes, e meu cabelo ficou lindo. Pintei as unhas de pink. Pierre me deu um CD de música de ioga, e mommy e daddy me deram dinheiro para pôr na minha conta. Wow, já tenho quase mil reais. Minha madrinha que mora na Indonésia vai depositar também meu presente de Natal. Só faltou o Wilhelm.

*****

Este é o décimo Natal de Kat desde que se tornou nossa filha.

Vê-la saudável, crescendo, andando, correndo, pulando, nadando e feliz é o meu melhor presente. Agradeço a Deus por tê-la colocado em minha vida. Cada vez que ela olha e sorri para mim, vejo um brilho de luz ao seu redor.

Quem é essa adolescente tão iluminada?

*****

Milagre, milagre, mommy conversou com a mãe da Lu e ela deixou a Lu passar o ano-novo conosco no BARCO!

Ela nem acreditou, e assim que a mãe dela trouxe ela aqui nós fomos direto para o *Aysso*. Vovô Eddie foi também. Daddy estava bem animado e fomos velejando de praia em praia, de ilha a ilha, até Angra.

***

Oi, Di, você nem sabe o que aconteceu!!! Paramos na ilha Anchieta e fomos para a praia, e aí perto da praia eu resolvo entrar na água e ir nadando. Aí a mom gritou: "Sai, sai da água!" Aí eu saí rapidinho da água, pulei pro bote, urgente! Quando eu vi, UM TUBARÃO enorme passou debaixo do inflável! Nossa! Ele estava caçando, ficamos seguindo ele de inflável por vinte minutos. Luana nem entendeu o que tinha acontecido, mas adorou! Adivinha, a mommy tirou montes de fotos. O daddy encontrou um barco de mergulho e eles disseram que era um anequim de um metro e meio. Podia me engolir inteira. Mom fez um jantar de ano-novo bem gostoso com mousse de chocolate de sobremesa, hummm, uma delícia. Ficamos ancorados em Bracuhy. Lotado de barcos com música alta. Ficamos na frente do *Aysso* vendo os barcos cheios de gente e mostrei para o vovô a constelação de Órion, onde estão as Três Marias com a vovó Ely e meus pais. Ele ficou bem emocionado, tadinho.

***

Oi, Di, os fogos da meia-noite foram d+! Lindos! Lu estava feliz e feito uma boba, nunca tinha visto nada assim! Acabou o show e daddy foi navegando no escuro para ancorar em uma praia bem tranquila para dormir.

2006

Oi, Di! Feliz 2006! Primeiro dia do ano! Apesar de que eu não tô muito contente. Eu tive uma briga feia com meus pais, eu estava falando e ninguém me ouviu. Sabe como eu me sinto? Dentro de uma caixinha que ninguém vê. Agora estou no barco e todo mundo foi pra praia. Tchau!

Agora já fiz as pazes e a gente nadou e nadou. Depois à tarde fomos para o Saco de Mamanguá, no caminho pegamos uma tempestade. Boa noite.

***

Estamos velejando de volta para Ilhabela d-e-v-a-g-a-r-z-i-n-h-o. Paramos na ilha dos Cachorrinhos, mas não tinha mais nenhum morando lá. Deu um arco-íris lindo. Na ilha Anchieta fomos visitar o museu e o projeto que cuida das tartarugas, bem-arrumadinho tudo. Fomos de botinho porque mommy não deixa mais ir nadando. Pode ter *tuba*! Eu dirijo sozinha o inflável a motor. Adoro!

***

Ai, Diário, a mom estava me mostrando um sagui na árvore e caiu uma bicha cabeluda na mão dela. Ela voltou para o barco correndo, limpou com vinagre, mas logo a mão dela parecia um balão. Daddy quer ir para Ubatuba, mas ela tomou um remédio contra alergia e ficou deitada. Dei iogurte na boca dela para ela não mexer com a mão.

Choveu montes e tomamos banho de chuva! Muito divertido, a Luana disse: "Bem que a minha mãe falou que vocês eram uma família maluca." Mas é uma delícia tomar banho de chuva. Eu não queria voltar para Ilhabela, queria ficar mais no barco, mas daddy disse que no carnaval vamos ficar uma semana no *Aysso*.

***

Ai, Diário, o Apolo ficou doente, acho que foi saudade de mim. A Celina, veterinária dele, já tinha dado remédios para ele, e ele estava bem tristinho e quase não comia. Agora eu vou cuidar melhor dele.

***

Sabe, Di, é carnaval e vamos para o *Aysso*! Yupee. A Lu vai junto! Na vila estavam dando camisinha pra proteger da aids. Muito gozado isso, as pessoas só fazem sexo no carnaval? Eu nem posso falar disso com as meninas no colégio, ficam todas horrorizadas. Será que elas sabem que HIV/aids não está escrito na testa? Vou te contar um SEGREDO, a mom não sabe que contei para a Lu o que eu tenho e ela nem ligou. Minha amigona de verdade. Di, eu e a mom contamos para o Emmanuel e ele tinha montes de perguntas. Tô cansada de não poder contar, Di, eu já falei para a mom que, qцando eu fizer 14 anos, quero contar para todo mundo que tenho HIV. Mom disse que vai ser uma barra para mim e que vai ter "discriminação", mas não faz mal, já estou acostumada.

***

Oi, Di, esse ano começou bem chato. A única amiga que eu tenho é a Lu. As meninas todas têm namoradinhos e ficam cochichando e rindo de mim. A Luana disse para eu não ligar porque ela não tem namorado também. Não quero ir mais para a aula. Acho tudo chato, chato, chato. Eu já li as minhas apostilas de geografia, história e português, e quando a professora dá a matéria não vejo graça. Esse ano nem estou no balé, só na natação e ioga. Como sei nadar os quatro estilos e sou bem rapidinha, tia Beth quer me colocar para fazer competição, mas eu não quero.

***

Ai, Diário, nem te conto! Já tenho mil reais na minha conta! Fui comprar o presente de aniversário de meu irmão com meu dinheiro. Depois fui comprar um brinco para mim. Olhei e vi um bem lindinho cor-de-rosa. Aí fui pagar com meu cartão de débito. A mulher falou para minha mãe: "A senhora não devia deixar ela usar o seu cartão de débito." Mom disse que o cartão era da minha conta. A mulher riu e me disse que era muito pequena para ter conta no banco: "Quantos anos você tem? Oito?" Eu fiquei bem "p" da vida. "Tenho 12." "Mas como é tão pequena, parece que tem oito." Eu perguntei para a mulher: "E você, quantos anos tem!?" "Ah, eu tenho quarenta." "Pois é, nem parece que tem quarenta, com essas rugas parece que tem cinquenta." E fui embora bem braba e com a mommy rindo às gargalhadas.

***

Essa semana em São Paulo, mommy me fez um tour de médicos. Sei que tenho que ir, mas mesmo assim é um saco. Não estou doente, não sinto nada, mas ela diz que tenho que fazer o check-up. Fui no ortopedista e ele me disse que minhas pernas estão bem fortes. Nem precisava dizer, porque estou caminhando sem cair.

Agora já não preciso tomar tantos remédios, são só dois: um de manhã e outro à noite. Mas são piores de gosto. Às vezes, quando a mom não está olhando, eu até cuspo fora, arghhh...

***

Ah, Diário, NOVIDADES! Fui ao dr. Osmar e cresci cinco centímetros!!! Wow, ele disse que não vou ser alta como meu pai, eu puxei a minha mãe, mas devagar vou crescer. Já estou com 1,35 metro. Dessa vez o daddy foi junto no médico e foi legal porque depois fomos comer no restaurante japonês para comemorar que já não sou tão baixinha.

***

A Luana e eu somos cada vez mais amigas, ela até dorme aqui nos dias de semana. Fazemos deveres e trabalho de grupo juntas.

***

Di, a mommy é bem maluquinha! Ontem fomos de carro até a casa da amiga dela, mãe do Lucas. Ela desceu e viu que ele estava em casa e me chamou: "Kat, vem aqui." Aiaiaiaiai, Di, ele está um GIGANTE! Lindo, e me deu um beijinho de alô. Eu nem sabia o que falar.

***

Querido Di, dei uma enforcada gigante na escola. Bem legal. Viajamos de 19 de abril até o dia 2 de maio para Santa Catarina. Muito legal, tinha um casamento de minha prima e passeamos bastante. Daddy foi bem legal e aumentou minha mesada e comprou outro kit de fazer bijuterias para mim.

***

Ai, Diário, pedi à mommy para me tirar da escola. Um saco, por que eu não posso estudar em casa? Estou muito cansada esses dias. Tia Eliane está direto aqui em casa, e ela e mommy estão trabalhando no livro da viagem que a mommy está escrevendo.

***

Ah, Diário, olha que massa! A Kamila vai casar e me convidou para ser dama de honra junto com a sobrinha dela. Nossos vestidos são iguais, branco com cor-de-rosa. Mommy foi na costureira e ela disse que eu posso ser modelo, pois sou muito elegante.

***

Ai, Di, nem te conto a briga que eu tive com o daddy. Tudo porque o Apolo fugiu e o daddy foi atrás dele e na volta trancou ele no canil e deu uma palmada no bumbum dele. Eu fiquei "p" com o daddy e gritei com ele que ele não podia bater no Apolo, e, Di, ele gritou que o Apolo era apenas um cachorro!!!! Ele tem que aprender. Gritei também: "O Apolo é meu melhor amigo!" E aí o dad subiu e se trancou no quarto. Mom deu um pontapé na porta, ele abriu e estava "p" e gritou com ela e comigo! Ele gritou que ia embora! Nossa, que perrengue, Di. Chorei muito, o dad me abraçou e falou comigo montes de coisas, que me amava muito, mas eu não escutei nada, de tão triste que eu estava, e fui para o canil e conversei muito com Apolo e pedi para ele não fugir mais. Mom veio dormir no meu quarto...

***

Diário, estou TÃO FELIZ! Tia Eliane me deu de presente um par de sapatos altos para eu usar no casamento. Estou treinando todos os dias andar com os sapatos para não cair. Já imaginou que mico se eu caio na igreja? Fizemos dois ensaios e estou nervosa, mas já sei como tenho que caminhar. Vou levar as alianças!

Nem sei como prestei atenção nas aulas. O casamento é dia 21 de maio. Já está chegando! Mom quer que eu fique calma, pois ela está preocupada comigo, porque eu estou cansada o tempo todo.

***

Querido Di. Cedinho fomos ao cabeleireiro e manicure e depois me vesti. Fiquei linda, e mom tirou 10000000000000000 de fotos. Essa mom é cheia de surpresas: ela colocou no meu pescoço um colar e me deu uns brincos lindinhos que meu papai tinha me dado quando eu era pequena. Eu me senti como uma princesa caminhando bem devagar no tapete vermelho ao lado da outra daminha. Me lembrei da minha professora de ioga, que sempre dizia: "Kat, respire devagar e se concentre." A Kamila estava linda. Um dia quero me casar com um vestido assim que nem o dela. Achei que demorou e o padre falou muito. Eu tirei as alianças da cestinha e entreguei para Kamila. Depois fomos para uma festa no restaurante. Daddy disse que eu estava alta, quase do tamanho da mommy. Meu irmão David me abraçou apertado e me disse: "Você está mesmo uma princesa." Fiquei muito feliz mesmo de ser dama de honra.

*****

No domingo, dia seguinte do casamento, David fez um churrasco. Convidamos muitos amigos para nossa casa e nós estávamos bem felizes. Ouvimos música, dançamos, Kat nadou, brincou de pegar, jogou bola e nos divertimos muito. Uma linda festa!

*****

Ai, Diário, essa semana só fui à aula dois dias. Estou muito, muito cansada e com sono. Nem tive aula de natação, e tia Beth ficou jogando e desenhando comigo. Ioga, então, nem pensar. Na sexta, eu estava tão cansada que nem consegui subir a escada, e mommy me levou ao hospital. Raio X, um princípio de bronquite. Lá vou eu de novo ficar de repouso e remédio de seis em seis horas. Um saco. A Luana estava aqui, mas, como vou ter que ficar deitada, daddy levou ela para a casa dela. Mom passou o sábado todo ao meu lado e assistimos aos dois vídeos da *Legalmente loira* e do *Charlotte's Web*. Eu disse para mommy que a gente devia ter uma aranha que salvasse a vida das pessoas, como a Charlotte salvou a do Wilbur. Daddy trouxe minha pizza favorita, de queijo, e comi tudo. Mom ia me colocar cedo na cama, mas ela vai ter que me acordar à meia-noite para me dar o remédio. Eu queria pintar uma coisa. Ela me deixou ficar na sala com ela e ela ia dar uma revisada no livro dela.

Di, pintei um quadrinho bem lindo para ela com um coração cor-de-rosa. Ela amou e eu disse para ela que era meu coração que eu estava dando para ela. Assim ela não vai esquecer de mim. Ela me deu mais de mil beijinhos.

***

Ai, Di, acordei mal, vomitei toda a pizza e estou indo com a mom e o daddy para o hospital. Dei um abraço bem apertado no Apolo porque ele estava triste. Não brinquei nadica com ele ontem.

Nem vou levar você comigo, Di. Mas prometo que continuo escrevendo amanhã.

Epílogo

Volto a me concentrar no palco à minha frente. A música continua, linda e distante. Sobre uma mesa, um caixão branco, ou melhor, um baú. Dentro, meu maior tesouro.

> *Se eu roubei, se eu roubei seu coração,*
> *É porque tu também roubaste o meu*

A partir daquele momento, não me lembro de mais nada. Vi Kat subir, seu caixão içado por cordas. Ou a plataforma onde ela estava era controlada por um computador?

Não sei, não me lembro. Não importa. Ela foi subindo para longe de minha proteção, para longe de meus cuidados, para longe de meu amor. Aonde ela estava indo? *Por que* estava indo? A plataforma alcançou o ponto mais alto do palco.

Kat dizia que eu era maluquinha. Naquele momento, tive que concordar com ela. Na minha insanidade, vi quatro mãos desatarem as cordas que prendiam o caixão, como soltamos os cabos que prendem um veleiro ao cais.

Jeanne e Robert, ela está de volta com vocês, e sua luz ficou aqui conosco.

Ilhabela, 30 de maio de 2006.

Minha princesa,

Já que você não pôde cumprir a promessa feita ao seu diário, resolvi abri-lo e completar sua história.

Há apenas 48 horas, daddy e eu saímos de Ilhabela para levar você a São Paulo para fazer exames. Hoje, voltamos para casa somente nós dois.

Foi tudo tão rápido, ainda não entendo.

Daddy e eu te levamos para o hospital em Ilhabela. Depois dos raios X, a médica ficou muito preocupada.

— Ela está com pneumonia no pulmão esquerdo. Vamos transferi-la com urgência para São Paulo.

Fui em casa buscar seus documentos e daddy ficou com você no hospital. Tentei conseguir um helicóptero, mas domingo à tarde não encontrei nenhum. Entrei em pânico. Minha cabeça estava a mil.

A médica disse que seu estado estava se deteriorando rapidamente. Fomos nós duas na ambulância com um médico e daddy foi de carro seguindo atrás. Eu nunca tinha visto você tão mal assim, e o médico pedia ao motorista que fosse mais rápido, pois os seus batimentos cardíacos estavam baixando. Com a sirene ligada, depois de atravessar a balsa, domingo à tarde, de São Sebastião para São Paulo, nunca a estrada me pareceu tão longa. Ai, minha princesa, os carros não davam passagem, parecia que havíamos parado no tempo e no espaço. Eu estava muito nervosa e não podia fazer nada para ajudá-la. Vi que você estava bem cansadinha, respirando devagar no oxigênio. Segurei sua mãozinha e cantei baixinho sua música favorita, até você dormir.

Liguei para a dra. Márcia e ela tentou me acalmar.

— Você já viu Kat em outras crises, fique calma, respire, expire. Não fique nervosa, ela precisa de você tranquila.

Você quase não conseguia respirar direito. Escutei o médico dizer para o motorista:

— Toca o pé fundo.

Eu olhava no aparelho e via os números do batimento cardíaco diminuindo. Rezei, me desesperei, pedi ajuda a Deus, chorei, rezei e rezei nas três horas de viagem. David já estava no hospital com Gabriela. Daddy quase chegou primeiro do que a ambulância. Você ficou tão feliz em ver seu irmão.

— Dave, o que você está fazendo aqui? Onde estou? — Você reclamou. — Ai, mommy, eu não quero ficar no hospital, eu não estou doente.

Os médicos levaram-na para a UTI da emergência, e a estabilizaram. A médica pediu para colher urina. Foi quando me dei conta de que aquele dia inteiro você não tinha pedido para fazer xixi. Aí comecei a perceber que alguma coisa estava errada. Daddy foi fazer a papelada do plano de saúde. E você queria ir embora. Seus batimentos cardíacos ficaram estáveis. Fiquei mais aliviada. Fizeram um eletrocardiograma e você reclamou.

— Essas coisas grudam, mommy. Promete que quando eu sair daqui a gente vai comer no sushi e sashimi.

Vi a técnica do eletro franzir a testa e chamar a médica. Ai, minha princesa, vi que você estava hiperventilando, e, no aparelho, os números de batidas diminuíam.

— Calma, vamos fazer a respiração da ioga — pedi a você.

Você se acalmou e respirou melhor. A médica me chamou e disse:

— O coração dela não está bom. Vamos interná-la 24 horas na UTI para ela ficar de repouso absoluto, sedada.

Daddy falou com você:

— Vamos fazer um trato: amanhã eu te levo ao restaurante japonês, mas hoje você vai ter que ficar aqui.

— Mas eu não estou doente.

Expliquei que a médica precisava fazer mais exames. Ai, minha lindinha, você queria que eu ficasse com você na UTI. Mas o hospital não deixou e também você ia ficar dormindo. Naquele momento, você olhou para mim e para David com um olhar tão profundo, como se estivesse olhando dentro de nossas almas. Em 11 anos, foi a primeira vez que não vi seus olhos sorrirem.

Às 23h30, com um remédio você ficou sonolenta. Colocaram você na maca, e você gritou:

— Mommy, não me deixa aqui, não vai embora...

Eu estava me sentindo uma inútil sem poder fazer nada para ajudá-la. Abracei você e lhe sussurrei:

— Kat, a mommy está aqui. *I love you.*

Eles a levaram para dentro da UTI.

Eu queria ficar na sala de espera. Vilfredo e David não concordaram. Comecei a recolher suas roupas. De repente a médica apareceu e falou:

— Não vão embora ainda.

— Por quê?

— Kat teve uma parada cardíaca por cinco minutos. Ela foi reanimada e está bem agora.

Eu creio que desmaiei. Vi um enorme arco-íris lindo e uma luz que iluminava tudo, e senti muita paz. Daddy me chamou:

— Helô, Helô.

E eu falei:

— A Kat não está mais conosco.

Demos as mãos e rezamos juntos. Algum tempo depois a médica voltou e levou daddy e eu para uma sala e disse:

— A Kat teve outra parada cardíaca. Dessa vez ela não voltou.

Eu não queria acreditar.

— Não é verdade, como assim?

— Sinto muito, mas ela faleceu. Se vocês quiserem vê-la, chamem o seu filho e venham comigo. Sinto muito pela sua perda — disse-me a médica. — Ela não sofreu.

Lembro-me de ver você com a mesma carinha sapeca de sempre, parecia só estar dormindo. Eu esperava que você abrisse seus olhinhos vivos para falar: "Peguei vocês! Era uma brincadeira", mas não foi o que aconteceu. Dei-lhe um beijinho na testa. Quem sabe assim você acordaria?

Uma facada no meu coração. Foi assim que senti. O mundo parou e eu também. Queria gritar: "Acorde Kat, vamos embora daqui." Quem sabe eu estava desmaiada e era tudo um pesadelo. Acorde, Heloisa!

Não sei para onde fui ou com quem, mas sei que ia demorar muito para eu acordar...

Quando o carro entrou pelo portão da nossa casa em Ilhabela, foi duro olhar a carinha triste do Apolo ao ver que você não estava no banco de trás. Depois, perdi a respiração ao entrar na sala e ver o quadrinho que você tinha pintado para mim havia apenas três noites. "Para você nunca se esquecer de mim", você disse. Ah, então você sabia que ia partir.

Lembra-se das mil conversas que tivemos e você queria saber o que acontece quando a gente morre? Para onde a gente vai? Quando eu morrer, vou encontrar mamãe e papai? Você vai encontrar sua mamãe? Dói morrer? Minha mamãe sofreu muito? E o meu papai? Alma é diferente de espírito? O Apolo tem alma? E as flores e os passarinhos têm espírito? Por que Deus deixa as pessoas morrerem? Depois que morrem e moram no céu, será que dá para ver o Sol, as nuvens, as estrelas? Você e daddy não vão morrer nunca, não é?

Será que você encontrou as respostas?

Pois agora sou eu que pergunto: como vou viver sem você?

Era você quem dava opinião na minha maquiagem, no meu cabelo e nas minhas roupas; quem dividia comigo as conversas sobre as nuances de pink, as flores, as borboletas, os pássaros, os golfinhos, o Apolo, as estrelas, a lua, o pôr do sol; quem saudava o dia: "Bom dia, Sol!"; quem me ensinava mil músicas novas, especialmente da Avril Lavigne e do Jack Jackson; quem assistiu comigo a *Legalmente loira 1* e 2 e *Charlotte's Web*; quem me mandava mensagens a toda hora somente para dizer *I love you*.

Auckland, 8 de julho de 2006.

Minha princesa,

Há quarenta dias você se foi. Hoje você faria 14 anos. Como você queria, todos já sabem que você tinha HIV. Nesse seu aniversário, trouxemos você de volta para a Nova Zelândia, para a cidade onde você nasceu e onde você vai ficar, com sua mamãe e seu papai. Como era a vontade deles. Quando eu recebi um bilhete de seu pai com instruções, há 11 anos, nunca pensei que este dia iria chegar.

Daddy, que sempre levou você nos ombros e no colo, trouxe você desde o Brasil.

David, Gabriela e Emmanuel estão comigo. Nana, os irmãos e a irmã de seu papai vieram também.

Um chefe maori fez uma cerimônia especial. Ele deu as boas--vindas de volta à sua terra e falou sobre seu espírito, que é como um tuí, um passarinho que só existe na Nova Zelândia. É uma ave feliz, que canta uma linda canção. Você está livre para voar alto no céu, e por todos os lados, espalhando sua alegria e seu amor.

Fiquei com muita pena da sua Nana. Perdeu o marido, o filho e, agora, você. Fiquei ainda com mais pena porque ela não teve a minha sorte de conviver com você.

No final da cerimônia, um lindo arco-íris coloriu o céu. Muito obrigada.

Pós-escrito

Desde 2006, estou escrevendo este livro. Ele me deu forças para sobreviver à vida. Foi para mim uma caminhada, ao mesmo tempo emocionante e difícil, mas um momento muito cúmplice que compartilhei com a minha filha. Volta e meia alguém me surpreendia soluçando e pedia para que eu parasse. Eu dava um tempo e voltava a escrever. Revivi os sentimentos, as alegrias, as emoções, os momentos que me fizeram e me fazem sentir viva e feliz.

Tive que olhar para trás, palmilhar os caminhos por que passei e entrar na vida das pessoas que fizeram parte das experiências desse meu passado, e cada personagem descrita está perpetuada em minhas lembranças. A história de Kat abriu uma caixa de Pandora, mexeu com muita gente e suas memórias.

Como contadora de histórias, escrevo os capítulos da minha vida, sem roteiros e sem script, uma maneira só minha de viver minhas escolhas com coragem para quebrar padrões, em uma mistura de conto de fadas (acredito em um final feliz, sempre), de histórias de amor (sou uma eterna romântica), de aventuras impossíveis (no mar e em terra), de momentos de tristeza (a morte de quem amamos é devastadora), e de infinitos momentos de desafios e realizações de sonhos.

Neste livro, estou abrindo e dividindo recordações de "segredos" que na verdade um dia seriam "revelados", pois a vida de Kat foi iluminada e linda demais para não ser imortalizada.

Ela amou a todos incondicionalmente e, nos momentos mais difíceis, nunca perdeu a meiguice de seu sorriso, o brilho dos olhos e o entusiasmo pela vida.

Coloquei Kat no céu. Quando olhar as estrelas e ver a que brilha mais forte, terei certeza de que é minha estrelinha.

Acredito em um Deus, esse ser superior que me deu uma chave mágica para abrir as portas de mundos que poucos privilegiados podem espreitar. E Ele confiou muito em mim, a ponto de me "emprestar" um anjo para eu amar e cuidar. E cobrou minha fé, ao levar Kat de volta, mesmo partindo meu coração de saudade.

Nesses 11 anos vivendo com Kat, pesquisei em cada notícia, onde quer que fosse, as informações sobre novos medicamentos, vacinas e, talvez, uma cura para a doença. Espero que no futuro próximo ela seja descoberta.

HELOISA SCHURMANN.

Agradecimentos

Demorei a escrever este livro mais tempo do que pensava. Durante grande parte desse tempo, tive a ajuda de muitas pessoas da família e de amigos, que me deram a coragem para completá-lo sem perder minha sanidade. A vocês, o meu muito obrigada.

Meus agradecimentos àqueles que me apoiaram para que eu pudesse escrever este livro.

À Cristiane Costa, por ter entendido a minha dificuldade de reviver as experiências dessa história de minha vida. A minha irmã Eliane Maria Carneiro Ribeiro, que largou sua vida na Austrália e veio se sentar ao meu lado para editar os textos e me dar forças. A meu pai, Eddie, que perdeu o espaço na sua mesa de jantar, onde trabalhei, e teve que fazer suas refeições em um cantinho de poucos centímetros. À Cida Terlon, madrinha da Kat, que me supriu com as informações sobre a vida de Jeanne. À Thayane Hinaê Alves, pela organização dos documentos e diários da Kat. À Cledna Macedo e Márcia O'Reilly, da Flórida, pela leitura dos originais e pelas sugestões.

Publisher
Omar de Souza

Gerente editorial
Renata Sturm

Coordenação de produção
Thalita Aragão Ramalho

Produção editorial
Isis Batista Pinto

Revisão
Fatima Fadel

Diagramação
Lúcio Nöthlich Pimentel

Capa
Desenho Editorial

Este livro foi impresso no Rio de Janeiro, em 2016, pela Edigráfica, para a HarperCollins Brasil. A fonte usada no miolo é Electra LT Std , corpo 11.5. O papel do miolo é avena 80 g/m², e o da capa, cartão 250 g/m².